U0083580

中國語言文字研究輯刊

六　編

許 錟 輝 主編

第8冊

侯馬盟書文字研究（下）

張 道 升 著

花木蘭文化出版社

國家圖書館出版品預行編目資料

侯馬盟書文字研究（下）／張道升 著 -- 初版 -- 新北市：花木蘭文化出版社，2014〔民 103〕

目 2+166 面；21×29.7 公分

（中國語言文字研究輯刊 六編；第 8 冊）

ISBN：978-986-322-663-5（精裝）

1. 古文書 2. 契約 3. 戰國時代

802.08 103001863

中國語言文字研究輯刊

六 編 第八冊 ISBN：978-986-322-663-5

侯馬盟書文字研究（下）

作　　者　張道升
主　　編　許錟輝
總 編 輯　杜潔祥
副總編輯　楊嘉樂
編　　輯　許郁翎
出　　版　花木蘭文化出版社
社　　長　高小娟
聯絡地址　235 新北市中和區中安街七二號十三樓
電話：02-2923-1455／傳眞：02-2923-1452
網　　址　http://www.huamulan.tw 信箱 hml 810518@gmail.com
印　　刷　普羅文化出版廣告事業
初　　版　2014 年 3 月
定　　價　六編 16 冊（精裝）新台幣 36,000 元

侯馬盟書文字研究（下）

張道升　著

目次

《侯馬盟書文字集釋》卷九

頞　三：二○（5）一五六：一九（5），～嘉之身

唐蘭　頞字陶正剛、王克林推測就是《說文》訓爲「內頭水中也」的頞字，是對的。頞讀爲沒，「內頭水中」也是沒的意思。《小爾雅·廣言》:「沒，終也」,《論語·憲問》:「沒齒無怨言」，那麼，沒身等於終身。（侯馬出土晉國趙嘉之盟載書新釋〔J〕，文物，1972，8：33）

陶正剛，王克林　「𩔁」（𩔁）不識。《說文》有𩔁字，與此相似、「內頭水中也」。（侯馬東周盟誓遺址〔J〕，文物，1972，4：31）

高明　𩔁字《說文》謂爲「內頭水中也」，讀爲沒。《小爾雅·廣言》:「沒，終也」。「沒嘉之身」，猶言終嘉之身。（載書〔M〕，中國古文字學通論，北京：北京大學出版社，1996，6：429）

山西省文物工作委員會　𩔁——「沒」字的古體字，音握（wò）。盟書中或作頞。（張頷，陶正剛，張守中，侯馬盟書〔M〕，太原：山西古籍出版社，2006年增訂本：38，亦見：山西省文物工作委員會，侯馬盟書〔M〕，北京：文物出版社，1976第一版）

湯余惠，賴炳偉，徐在國，吳良寶：頞。（戰國文字編〔M〕，福州：福建

人民出版社，2001：607）

黃德寬 等 𩔋 侯馬盟書三五〇，～嘉之身

～，從頁，叟（侯馬盟書或作𡝩，從攴與從又意同）聲。《說文》：「～，內頭水中也。從頁、叟，叟亦聲。」今隸作頞。王筠句讀：「按頞與沒皆叟之分別文也。今專用沒。」侯馬盟書～，讀𣳚（沒）。「沒嘉之身」，終嘉之身。《禮記・檀弓》「不沒其身。」鄭玄注「沒，終身也。」（古文字譜系疏證〔M〕，北京：商務印書館，2007：3286～3287）

姜允玉 段玉裁指出，「今……『𩔋』廢而『沒』專行」，因此此字頭以今字原則可隸作「沒」。（《侯馬盟書・字表》補正〔M〕，古文字研究・第二十七輯，北京：中華書局，2008：364）

按：《古文字譜系疏證》之說可從。

顯 一六：三（2），不～

曾志雄 此外，盟書的「顯」字也有不寫「頁」旁而作㬎的（例如 67：3），占全部廿三個「顯」字的九例。金文雖未見此寫法，也未見顯字的左旁可以獨立成字，但《說文・日部》有「顯」字古文作「㬎」的（頁307 上），可能是盟書較古老的簡省寫法。（侯馬盟書研究〔D〕，香港：香港中文大學研究院中文學部博士論文，1993：47）

何琳儀 顯 侯馬三五四，不～

侯馬盟書「不～」，或作「不㬎」，均讀「丕顯」。（戰國古文字典〔M〕，北京：中華書局，1998：1039）

湯余惠，賴炳偉，徐在國，吳良寶：顯。（戰國文字編〔M〕，福州：福建人民出版社，2001：609）

司 一〇六：三（3），～寇

陶正剛，王克林 盟辭中所列姓氏人名，有「司寇𦥑」、「司寇結」等。《太平御覽》卷三六二引《風俗通》云：「蓋姓有九，……或氏於官，……以官，司馬、司徒、司寇、司空、司城也。」或者就是其人的官職。（侯

馬東周盟誓遺址〔J〕，文物，1972，4：31）

朱德熙，裘錫圭　司寇䚄和司寇結均以司寇爲氏。盟書所記人名，除這兩例以外沒有舉官職的，可見這兩例的司寇也是氏而非官職。古代以司寇爲氏的相當多。衛國公族有司寇氏（《禮記·檀弓》正義引《世本》），蘇忿生之後也有司寇氏（《姓纂》七「之」引《風俗通》），古印有「司寇卯」等印（《徵》3·6 上「寇」字下引），可證。（關於侯馬盟書的幾點補釋〔J〕，文物，1972，8：36）

曾志雄　司寇䚄：人名。司寇，屬西周時官職。

盟書「司」字字形一式，沒有變化；「寇」字基本由「宀、元、攴」三個偏旁構成。在六十二例中，「元」旁作「兀」的三十八例，作「元」的二十四例；後者是增加短劃的新興形式。另有一例「攴」旁作「戈」旁（203：3），何琳儀認爲這是「攴、戈」形符互作（《戰國文字通論》頁 207）。高明指出，「攴、戈」形旁通用，除在古文字之外，古文獻中也有例證，並舉出「肇、啓」等字在文獻中也有從「戈」而不從「攴」的（《中國古文字學通論》頁 160）。（侯馬盟書研究〔D〕，香港：香港中文大學研究院中文學部博士論文，1993：184）

何琳儀　司　侯馬三〇四，～寇

～寇，官名，掌管刑法。《周禮・秋官・序官》「乃立秋官～寇，使帥其屬，而掌邦禁，以佐王刑邦國。」（戰國古文字典〔M〕，北京：中華書局，1998：109）

按：高鴻縉《頌器考釋》：「商時有司字，從口從又省，會掌管意。周人加意符𤔔，故作𤔲。」存參。

盟書中「～寇」，對照同爲宗盟類的人名：嗌（一九四：二）、筭（一九四：三）等，前均沒有職位名，故～寇應爲姓氏，朱德熙、裘錫圭先生之說可從。

※詞　𤔲一九四：一（1），石詞

《侯馬盟書・字表》：漏收。

何琳儀　訂　侯馬三〇六，石～□

～，從台，司省聲。或作訇，省台下之口。訇，嗣之異文。（戰國古文字典〔M〕，北京：中華書局，1998：112～113）

湯余惠，賴炳偉，徐在國，吳良寶：佀（似）。（戰國文字編〔M〕，福州：福建人民出版社，2001：557）

黃德寬 等 詞 侯馬三〇六，石～□

～，從台，司省聲。戰國文字或省去口形。（古文字譜系疏證〔M〕，北京：商務印書館，2007：1167～1168）

按：隸定以《古文字譜系疏證》之說爲是，即詞。字形分析應是台與司借用筆劃。

令 三：八（2），定宮平時之～

何琳儀 令 侯馬三一一，定宮平時之～

侯馬盟書～，讀命。《周禮・地官・小司徒》「誅其犯命者」，注「命，所以誓告之。」（戰國古文字典〔M〕，北京：中華書局，1998：1145）

黃德寬 等 令 侯馬三一一，定宮平時之～

侯馬盟書～，讀命。《周禮・地官・小司徒》「誅其犯命者。」鄭玄注「命，所以誓告之。」（古文字譜系疏證〔M〕，北京：商務印書館，2007：3529～3531）

卲 九二：九（2），～陛

何琳儀 卲 侯馬三一六，～陛

侯馬盟書～，讀邵，姓氏。周召公奭後，加邑爲邵氏。又望出汝南。見《尚友錄》。（戰國古文字典〔M〕，北京：中華書局，1998：303）

黃德寬 等 卲 侯馬三一六，～陛

侯馬盟書～，疑讀邵，氏名，周召公奭之後。加邑旁爲邵氏，又望出汝南，見《尚友錄》。（古文字譜系疏證〔M〕，北京：商務印書館，2007：824～826）

⿹勹復　一九四：三（1），**敢不⿵門半其～心**

何琳儀　⿹勹復　侯馬三三九，敢不⿵門半其～心

～，從復（或省作复），勹爲疊加音符。心爲繁飾部件。《說文》「～，重也。從勹，復聲。」侯馬盟書～，讀腹。（戰國古文字典〔M〕，北京：中華書局　，1998：254）

黃德寬 等　⿹勹復　侯馬三三九，敢不⿵門半其～心

～，從復（或省作复），勹爲疊加音符。心爲繁飾部件。侯馬盟書「～心」，讀「腹心」。見前。（古文字譜系疏證〔M〕，北京：商務印書館，2007：719～720）

※⿹勹腹　一六：一八（1）　一六：三一（1），**敢不⿵門半其～心**

湯余惠，賴炳偉，徐在國，吳良寶：⿹勹復。（戰國文字編〔M〕，福州：福建人民出版社，2001：620）

黃德寬 等　⿹勹腹　侯馬三三九，敢不⿵門半其～心

～，從腹，勹爲疊加音符。腹之繁文。侯馬盟書～，讀「腹」。見「腹」字。侯馬盟書－，讀腹。見「腹」字。（古文字譜系疏證〔M〕，北京：商務印書館，2007：721）

※⿰彳⿹勹腹　一：三〇（1），**敢不⿵門半其～心**

湯余惠，賴炳偉，徐在國，吳良寶：⿹勹復。（戰國文字編〔M〕，福州：福建人民出版社，2001：620）

黃德寬 等　⿰彳⿹勹腹　侯馬三三九，敢不⿵門半其～心

～，從⿰彳腹，勹爲疊加音符。腹之繁文。侯馬盟書～，讀腹。見「腹」字。⿹勹腹、⿰彳腹、⿰彳⿹勹腹均爲腹之增繁字。（古文字譜系疏證〔M〕，北京：商務印書館，2007：721）

塚　六七：一（2），**丕顯　公大～**

山西省文物工作委員會　冢，即「塚」字。宗廟亦稱塚祀。《左傳·閔公

二年》:「大子奉塚祀社稷之粢盛。」(張頷,陶正剛,張守中,侯馬盟書〔M〕,太原:山西古籍出版社,2006 年增訂本:40,亦見:山西省文物工作委員會,侯馬盟書〔M〕,北京:文物出版社,1976 第一版)

何琳儀　戰國文字「塚」亦習見,試與舉例:

[illegible]侯馬三二四　其右旁亦不從「勹」。殷周文字「勹」像人匍匐之形,晚周文字「勹」亦習見,與上揭「塚」之右旁均不同。「塚」之右旁疑本從「主」。(句吳王劍補釋——兼釋塚、主、幵、丂〔C〕,香港中文大學中國語言及文學系,第二屆國際中國文字學研討會論文集,香港:問學社有限公司,1993)

何琳儀　塚　侯馬三二四～,丕顯出公大～

侯馬盟書～,或作塚,墳墓。(戰國古文字典〔M〕,北京:中華書局,1998:359～360)

湯余惠,賴炳偉,徐在國,吳良寶:塚。(戰國文字編〔M〕,福州:福建人民出版社,2001:620)

黃德寬 等　塚　侯馬三二四～,丕顯出公大～

侯馬盟書～,墳墓。(古文字譜系疏證〔M〕,北京:商務印書館,2007:977～978)

按:字形分析何琳儀先生之說可從。

※醜　[illegible]四九:二(3)、[illegible]三:九(4),史～

陳漢平　盟書醜字作[illegible]、[illegible]、[illegible]、[illegible]、[illegible]、[illegible]、[illegible],多從酋作,故疑[illegible]字當以釋[illegible]、瞅、瞗為是。[illegible]為本字,[illegible]為形聲字,醜為[illegible]、[illegible]之假借字,瞅、瞗為後起形聲字。(侯馬盟書文字考釋〔M〕,屠龍絕緒,哈爾濱:黑龍江教育出版社,1989,10:353)

李裕民　[illegible]《侯馬盟書》宗盟類三之一六二:一。

酋、酉古通作,如尊字《父辛鼎》作[illegible],《召仲鬲》作[illegible],《衛父卣》作[illegible]、[illegible]。盟書此字亦作[illegible](《侯馬盟書》八五:二),字應作醜。《說

文》:「醜，惡也。從鬼，酉聲。」（侯馬盟書疑難字考〔C〕，古文字研究・第五輯，1981，1：296）

曾志雄　「酋、酉」互換視爲形旁通用不如視爲聲符互作恰當。「䰰」字字形基本左「酋」右「鬼」，但也有一例作左「鬼」右「酋」，應是部位遊移的殘留。䰰字有二例寫成「猷」，由於同含聲符「酋」，因此「猷、䰰」可視爲形聲化現象。（侯馬盟書研究〔D〕，香港：香港中文大學研究院中文學部博士論文，1993：102）

何琳儀　䰰　侯馬三五二，史～

～，從鬼，酋聲，醜之繁文。酋或僞作[illegible]形，或酋與鬼之頭部借用偏旁，～或作䰰。《說文》「醜，可惡也。從鬼，酉聲。」侯馬盟書～，人名。（戰國古文字典〔M〕，北京：中華書局，1998：212～213）

湯余惠，賴炳偉，徐在國，吳良寶：醜。（戰國文字編〔M〕，福州：福建人民出版社，2001：622）

黃德寬 等　䰰　侯馬三五二，史～

～，從鬼，酋聲。醜之繁文。侯馬盟書～，人名。（古文字譜系疏證〔M〕，北京：商務印書館，2007：599）

※䰡　[illegible]八五：一八（4），史～

湯余惠，賴炳偉，徐在國，吳良寶：䰡。（戰國文字編〔M〕，福州：福建人民出版社，2001：622）

黃德寬 等　䰡　侯馬三五二，史～

～，從鬼，臭聲。䰰之異文。酋、臭均屬舌音幽部，音符互換。詳見「䰰」字。侯馬盟書～，人名。（古文字譜系疏證〔M〕，北京：商務印書館，2007：550）

禺　[illegible]三：二五（8），～之行道

何琳儀　禺　侯馬三〇六，～之行道

～，像動物之形，待考。侯馬盟書、趙孟壺～，讀遇。（戰國古文字典

〔M〕，北京：中華書局，1998：352）

黃德寬 等　禺　侯馬三〇六，～之行道

侯馬盟書～，讀遇。（古文字譜系疏證〔M〕，北京：商務印書館，2007：964）

庶　[illegible]九二：四四（4），圾～子

《侯馬盟書・字表・存疑字》375頁：[illegible]九二：四四。

陳漢平　盟書有字作[illegible]，文例爲「及[illegible]子」。據文義及字形，知爲「庶子」之「庶」。（侯馬盟書文字考釋〔M〕，屠龍絕緒，哈爾濱：黑龍江教育出版社，1989，10：358）

何琳儀　庶　侯馬三五八，及～子

侯馬盟書「～子」，見《禮記・內則》「適子、～子見於外寢」，注「庶子、妾子也。」（戰國古文字典〔M〕，北京：中華書局，1998：548）

黃德寬 等　庶　侯馬三五八，及～子

侯馬盟書「～子」，見《禮記・內則》「適子、～子見於外寢」。（古文字譜系疏證〔M〕，北京：商務印書館，2007：1528～1530）

按：何琳儀先生第一次正確分析出庶的字形爲[illegible]，而非[illegible]，頗具遠見卓識。

※[illegible]　[illegible]八五：八（1），明亟～之

湯余惠，賴炳偉，徐在國，吳良寶：[illegible]。（戰國文字編〔M〕，福州：福建人民出版社，2001：635）

按：從辭例來看，[illegible]應讀爲視。

石　[illegible]一九四：一（1），～飼□

何琳儀　石　侯馬三〇四，～飼

《集韻》「～，古作后。」侯馬盟書～，姓氏。衛大夫～碏之後。見《元和姓纂》。（戰國古文字典〔M〕，北京：中華書局，1998：545

～546）

勿　八五：三五（1），～弊（遷）兄弟，

何琳儀　勿　侯馬三〇一，～遷兄弟

～從刀，三斜點爲血滴。刎之初文。《廣雅·釋詁》一「刎，斷也。」《玉篇》「刎，割也。」（西鎛）戰國文字承襲兩周金文。侯馬盟書～，通毋、莫。《增韻》「～，毋也。」《論語·學而》「過則～憚改」，皇疏「～，猶莫也。」（戰國古文字典〔M〕，北京：中華書局，1998：1305～1306）

黃德寬 等　勿　侯馬三〇一，～遷兄弟

侯馬盟書～，相當於不要。《廣韻·物韻》「～，莫也。」《增韻》「～，毋也。」《論語·學而》「過則～憚改。」皇侃疏「～，猶莫也。」（古文字譜系疏證〔M〕，北京：商務印書館，2007：3296～3297）

而　一：一（1），～敢

郭沫若　「夫」字張釋爲「不」，屬下讀，殆非是。（侯馬盟書試探〔J〕，文物，1966，2：5）

陳夢家　「而敢」二字亦見於以下兩句句首，乃擬設之辭。張釋而爲天，郭釋爲夫，均不確。而敢即如敢：《左傳》昭公四年「見仲而何」注云「而何、如何」；隱公七年「歃而忘」，釋文引作如忘，服虔云「如，而也」；《春秋》莊公七年「夜中星隕如雨」注云「如，而也」。《左傳》襄公九年鄭太子曰「而敢有異志者亦如之」即如敢有異志亦如此盟。此句「如敢……者」與下兩句同結構，皆擬設之辭，即凡如何如何的。（東周盟誓與出土載書〔J〕，考古，1966，2：274～275）

郭沫若　「而」字前釋爲「夫」屬上讀，非是，今改正。下二「而敢」云云的「而」字，亦同。（新出侯馬盟書釋文〔M〕，郭沫若全集·考古編·第10卷·考古論集，北京：科學出版社，1972：158）

唐蘭　「而敢有志復趙尼及其子孫於晉邦之地者」，趙尼是被逐出晉邦的，

所以怕有人有志於使他回來。（侯馬出土晉國趙嘉之盟載書新釋〔J〕，文物，1972，8：32）

陶正剛，王克林　「而或」，即如果。《左傳・襄公九年》：「鄭國而不唯晉命是聽，而或有異志者，有如此盟。」與此意相同。（侯馬東周盟誓遺址〔J〕，文物，1972，4：31）

劉翔　等　而：連詞，表假設。《左傳・襄公三十年》：「子產而死，誰其嗣之？」《呂氏春秋・樂成》作「子產若死」。（盟書〔M〕，商周古文字讀本，北京：語文出版社，1989，9：208～209）

湯余惠　而，通如（詳吳昌瑩《經詞衍釋》卷七）。盟書「而」與「者」搭配，構成「而……者」句式，表假設關係，相當於現代漢語「如果……的話」。（侯馬盟書〔M〕，戰國銘文選，長春：吉林人民出版社，1993，9：197）

曾志雄　而；而字在這裏是連接詞，連接了兩句平行的「敢不」句子。我們可將這種平行句子之間的關係稱為「並列關係」。

而字的字形有在字頂上加短劃和不加短劃的兩大類。前者三百四十例，後者三百六十九例，可見兩者都是通行的形式，與「不」字的情況類似。（侯馬盟書研究〔D〕，香港：香港中文大學研究院中文學部博士論文，1993：63）

高明　載書謂「而敢或祇改亶及奐俾不守二宮者」，猶言，而敢惑亂不敬改變誠意以及背叛先祖而不守二宮者。

「而敢有志復趙化及其子孫，於晉邦之地者」；謂參盟之人如有志使趙化和他的子孫，重返晉國的人。（載書〔M〕，中國古文字學通論，北京：北京大學出版社，1996，6：426）

何琳儀　而　侯馬三〇七，～敢不盡從嘉之盟

戰國文字～，多為轉折連詞。（戰國古文字典〔M〕，北京：中華書局，1998：74）

湯余惠，賴炳偉，徐在國，吳良寶：而。（戰國文字編〔M〕，福州：福建人民出版社，2001：642）

黃德寬 等　而　侯馬三〇七，～敢不盡從嘉之盟

戰國文字～，多爲轉折連詞。（古文字譜系疏證〔M〕，北京：商務印書館，2007：172～173）

按：《古文字譜系疏證》之說可從。

豦　九二：三七（1），～

何琳儀　豦　侯馬三四一，～

～，從豕，從虎省，會野豬與虎相鬥之意，虎亦聲。戰國文字承襲金文。戰國文字～，人名。（戰國古文字典〔M〕，北京：中華書局，1998：447）

湯余惠，賴炳偉，徐在國，吳良寶：豦。（戰國文字編〔M〕，福州：福建人民出版社，2001：644）

黃德寬 等　豦　侯馬三四一，～

～，從豕，從虎省，會野豬與虎相鬥之意。虎亦聲。戰國文字～，人名。（古文字譜系疏證〔M〕，北京：商務印書館，2007：1272）

彘　一：四〇（1），史歐～

湯余惠，賴炳偉，徐在國，吳良寶：彘。（戰國文字編〔M〕，福州：福建人民出版社，2001：646）

按：盟書中「史歐～」，宗盟類參盟人名。

《侯馬盟書文字集釋》卷十

馬 一八五：九（1）、八五：一四（1），～

湯余惠，賴炳偉，徐在國，吳良寶：馬。（戰國文字編〔M〕，福州：福建人民出版社，2001：651）

馽 九二：七（1）、一八五：九（1）、一八五：九（2），～

《侯馬盟書・字表・存疑字》376 頁：一八五：九，二例。

李裕民　《侯馬盟書》其他類一八五：九。

盟書有（九二：七）、（一：七五），像馬絆一足、絆二足之形。此則像馬絆三足之形，當即馽字，也就是後世通行的縶字。（侯馬盟書疑難字考〔C〕，古文字研究・第五輯，北京：中華書局，1981，1：300）

陳漢平　盟書有人名字作，字表釋㢴，未確。按此字爲縶字本字，當釋爲縶。《說文》：「馽，絆馬也。從馬、口其足。《春秋傳》曰：韓厥執馽前。讀若輒。縶，馽或從糸，執聲。」盟書又有字，欲在手書文字中確定區分、、字，頗爲不易。茲存疑。（侯馬盟書文字考釋〔M〕，屠龍絕緒，哈爾濱：黑龍江教育出版社，1989，10：352）

何琳儀　馽　侯馬三三一，～

～，從馬，馬足之上加筆劃表示表示羈絆。指事。侯馬盟書～，人名。（戰國古文字典〔M〕，北京：中華書局，1998：991）

湯余惠，賴炳偉，徐在國，吳良寶：馽。（戰國文字編〔M〕，福州：福建人民出版社，2001：652）

黃德寬 等　馽　侯馬三三一，～

侯馬盟書～，人名。（古文字譜系疏證〔M〕，北京：商務印書館，2007：2604）

駕　二〇〇：六（1），～

湯余惠，賴炳偉，徐在國，吳良寶：駕。（戰國文字編〔M〕，福州：福建人民出版社，2001：654）

※[illegible]　一五六：九（1），～

《侯馬盟書·字表·殘字》384 頁：一五六：九

黃德寬 等　[illegible]　侯馬三六七，～

～，從馬，而無鬃，省體象形，騬之初文。（古文字譜系疏證〔M〕，北京：商務印書館，2007：2320）

鷹　一九四：六（1），～

何琳儀　鷹　侯馬三四二，～

戰國文字～，人名。（戰國古文字典〔M〕，北京：中華書局，1998：758）

犬　一：五五（1），～

湯余惠，賴炳偉，徐在國，吳良寶：犬。（戰國文字編〔M〕，福州：福建人民出版社，2001：664）

按：盟書中～，宗盟類參盟人名。

獻　六七：一（2）、六七：四五（1），弗執弗～

山西省文物工作委員會　獻，向上級進納的意思，如「獻俘」、「獻捷」等。《詩・鄭風・大叔于田》：「襢裼暴虎，獻於公所。」（「侯馬盟書」注釋四種〔M〕，文物，1975，5：20，亦見：張頷，陶正剛，張守中，侯馬盟書〔M〕，太原：山西古籍出版社，2006 年增訂本：40，亦見：山西省文物工作委員會，侯馬盟書〔M〕，北京：文物出版社，1976 第一版）

曾志雄　獻：《春秋左傳詞典》釋爲「上交」，並舉《左傳》成公二年「韓厥獻醜父」爲例。（頁 1000）《說文析》「獻」字爲「從犬鬳聲」（頁 476 上～476 下），盟書基本上寫成此形。但所有「鬲」旁都訛爲「從宀從羊」，甚至有一例的「虍」旁寫成「虎」（67：1），一例的「虍」旁則寫成「羊」（67：45）。這是盟書中訛誤頗多的一個字，恐怕與歷史的原因有關。（侯馬盟書研究〔D〕，香港：香港中文大學研究院中文學部博士論文，1993：203）

何琳儀　獻　侯馬三五三，弗執弗～
侯馬盟書～，～捷、～俘。（戰國古文字典〔M〕，北京：中華書局，1998：1011）

湯余惠，賴炳偉，徐在國，吳良寶：獻。（戰國文字編〔M〕，福州：福建人民出版社，2001：667）

吳振武　對於這個從「羊」的「獻」字，古文字研究者一般多未注意，其在文字學上的意義，亦長期未能被揭示。1993 年，筆者在一篇文章中指出：

今按這一形體的出現，似應跟當時「獻」、「鮮」二字經常通假有關係。猜想不論是有意的還是無意的，這一形體可能是捏合了「獻」、「鮮」二字。因爲盟書「獻」字所從的「鬲」旁在形體上跟魚旁頗相似，而古文字中所見的「鮮」字正有不少是將「羊」旁寫在「魚」旁之上的。（見《金文編》756 頁）我們相信，這一現象的揭示，會有助於今後古文字學釋讀工作。（作者原注：吳振武《古璽姓氏考（複姓十五篇）》，

《出土文獻研究》第三輯，第 84 頁，北京：中華書局，1998 年。)（戰國文字中一種值得注意的構形方式〔M〕，姜亮夫、蔣禮鴻、郭在貽先生紀念文集，上海：上海教育出版社，2003：92）

黃德寬 等　獻　侯馬三五三，弗執弗～

侯馬盟書～，～捷、～俘。（古文字譜系疏證〔M〕，北京：商務印書館，2007：2660～2662）

按：吳振武先生對[illegible]字形的分析十分精彩，可從。

狂　[illegible]一五二：二（2），趙～

曾志雄　狂：此字盟書原作「從犬，㞷聲」，今隸作「狂」，在盟書中此字只見於人名「趙狂」。由於「趙狂」是毀稱（見第三章），此字與 229 號「從疒㞷　聲」之「㾬」字疑爲一字。「㾬」字字書未見，在盟書中只用於人名，見於「㾬夫」一名中。（侯馬盟書研究〔D〕，香港：香港中文大學研究院中文學部博士論文，1993：232）

猶　[illegible]三：一七（4），～

何琳儀　猶　侯馬三五二，史～

侯馬盟書～，或作䤐，人名。見「䤐」字。（戰國古文字典〔M〕，北京：中華書局，1998：213）

黃德寬 等　猶　侯馬三五二，史～

侯馬盟書～，或作䤐，人名。見「䤐」字。（古文字譜系疏證〔M〕，北京：商務印書館，2007：599～600）

※狑　[illegible]一五六：一九（2），比～

陳漢平　盟書有人名字作[illegible]，字表釋狑，未確。此字當釋猨；即猿字。《說文》作蝯：「蝯，禺屬，善援。從蟲，爰聲。臣鉉等曰：今俗別作猨，非是。」由盟書文字知猨字見於先秦古文，徐鉉之說未確。（侯馬盟書文字考釋〔M〕，屠龍絕緒，哈爾濱：黑龍江教育出版社，1989，10：350）

湯余惠，賴炳偉，徐在國，吳良寶：⿰犭孚。（戰國文字編〔M〕，福州：福建人民出版社，2001：670）

黃德寬 等　⿰犭孚　侯馬三一〇，比～
～，從犬，孚聲。侯馬盟書～，人名。（古文字譜系疏證〔M〕，北京：商務印書館，2007：2468）

※⿰犭眾　二〇〇：五八（1），每～

《侯馬盟書・字表・存疑字》377 頁：二〇〇：五八。

黃德寬 等　⿰犭眾　侯馬三六〇，每～
～，從犬，眾聲。侯馬盟書～，人名。（古文字譜系疏證〔M〕，北京：商務印書館，2007：1173）

閔　一、三：二〇（4），～舍。二、三：二〇（8），～伐。三、一五六：二〇（6），～叜

郭沫若　閔是闌字。（新出侯馬盟書釋文〔M〕，郭沫若全集・考古編・第10卷・考古論集，北京：科學出版社，1972：6）

唐蘭　閔叜一作閔伐。（侯馬出土晉國趙嘉之盟載書新釋〔J〕，文物，1972，8：33）

陶正剛，王克林　「闌舍」，「閔」字與戰國趙鑄方足布「藺」相同（見《考古》1965 年 4 期拓本）。《通志・氏族略》：「韓厥玄孫曰康，仕趙，食邑於藺，因氏焉」。《史記・趙世家》成侯三年《正義》：「地理志云，屬西河郡也」。（侯馬東周盟誓遺址〔J〕，文物，1972，4：31）

朱德熙，裘錫圭　地名及氏族之藺，戰國貨幣及璽印皆作閔。「閔」與「闌」皆見《說文》，並非一字，「閔」與「藺」更非一字，它們之間是同音通借的關係。（關於侯馬盟書的幾點補釋〔J〕，文物，1972，8：37，亦見：朱德熙古文字論集〔M〕，北京：中華書局，1995：54～59）

曾志雄　盟書的「閔」字共四十六例，「火」旁的中豎有四十一例已加短橫劃，只有五例是不加的，可見加短劃的新形式佔優勢。（侯馬盟書研究

〔D〕，香港：香港中文大學研究院中文學部博士論文，1993：180～181）

何琳儀　閔　侯馬三三一，～舍

～從火，門聲。～，來紐眞部；門，明紐文部。來、明爲複輔音，眞、文旁轉。～爲門之準聲首。戰國文字承襲甲骨文。

侯馬盟書、晉璽～，讀藺。韓厥玄孫曰康，仕趙，食采於藺，因氏焉。康裔孫相如爲趙上卿，子孫仕秦，隨司馬錯伐蜀，因家成都。望出中山、華陰。見《元和姓纂》。（戰國古文字典〔M〕，北京：中華書局，1998：1150～1151）

湯余惠，賴炳偉，徐在國，吳良寶：閔。（戰國文字編〔M〕，福州：福建人民出版社，2001：677～678）

黃德寬 等　閔　侯馬三三一，～舍

侯馬盟書～，讀作藺，姓氏。《通志・氏族略》三「藺氏，姬姓。韓厥元孫曰康，仕趙，食采於藺，因氏焉。康裔相如，爲趙上卿。」（古文字譜系疏證〔M〕，北京：商務印書館，2007：3821～3822）

黑　[字形]九八：二三（1），～

黃德寬 等　黑　侯馬三三四，～

……餘皆用表人名或地名。（古文字譜系疏證〔M〕，北京：商務印書館，2007：14）

黝　[字形]一：七六（1），～

《侯馬盟書・字表・存疑字》373頁：[字形]一：七六。

李裕民　[字形]《侯馬盟書》宗盟類二之一：七六。

字左旁爲黑，西周金文作[字形]（《鄘伯馭簋》）、[字形]（《鑄子弔黑臣簠》），古璽作[字形]、[字形]（《古璽文字徵》十・三，下引此書簡稱《徵》）。盟書有黑字作[字形]（《侯馬盟書》宗盟類四之九八：二三），與古璽第一形同。此字左旁與古璽第二形同，是黑字較簡的寫法；右旁爲敢，

與盟書之一：七六、一：七七的敢字寫法相同。字應作黝。《說文》：「黝者，忘而息也。從黑，敢聲。」這裏是參盟人名。（侯馬盟書疑難字考〔C〕，古文字研究·第五輯，北京：中華書局，1981，1：291）

湯余惠，賴炳偉，徐在國，吳良寶：黝。（戰國文字編〔M〕，福州：福建人民出版社，2001：683）

黃德寬 等　黝　侯馬三五六，～

侯馬盟書～，人名。（古文字譜系疏證〔M〕，北京：商務印書館，2007：4035）

按：李裕民先生所說爲是。～與（春秋黝鍾），（戰國時曾侯墓簡），（戰國時十鍾印舉）字形相近，故釋爲黝無疑。

大　六七：一（2），丕顯公～塚

山西省文物工作委員會　大，即「太」。（張頷，陶正剛，張守中，侯馬盟書〔M〕，太原：山西古籍出版社，2006 年增訂本：40，亦見：山西省文物工作委員會，侯馬盟書〔M〕，北京：文物出版社，1976 第一版）

曾志雄　大塚很可能就是晉國之太廟或宗廟，與「皇君公」一詞作爲先君先祖的解釋有關。（侯馬盟書研究〔D〕，香港：香港中文大學研究院中文學部博士論文，1993：47～48）

趙世綱，羅桃香　「大塚」的含義，按馮文的解釋即陵寢之意。盟誓儀式即在晉出公陵寢之前舉行，我們認爲這是不可能的。（論溫縣盟書與侯馬盟書的年代及其相互關係〔C〕，汾河灣——丁村文化與晉文化考古學術研討會文集，太原：山西高校聯合出版社，1996，6：152）

何琳儀　大　侯馬二九九，丕顯公～塚

盟書「～塚」，或作「～塚」，大墓。（戰國古文字典〔M〕，北京：中華書局，1998：920～922）

黃德寬 等　大　侯馬二九九，丕顯公～塚

盟書「～塚」，～墓。《越絕書・越絕外傳・記地傳》「獨山～塚者，勾踐自治以爲塚。」引申爲宗廟。（古文字譜系疏證〔M〕，北京：商務印書館，2007：2438～2444）

夷　一五六：六（4），麻～非是

何琳儀　夷　侯馬三二一，麻～非是

～疑從矢，從己，會人善製矢繳之意。矢亦聲。侯馬盟書「麻～非是」，讀「靡～彼氏」。《方言》十三「靡，滅也。」《廣雅・釋詁》三「～，滅也。」（戰國古文字典〔M〕，北京：中華書局，1998：1239）

湯余惠，賴炳偉，徐在國，吳良寶：夷。（戰國文字編〔M〕，福州：福建人民出版社，2001：686）

黃德寬 等　夷　侯馬三二一，麻～非是

侯馬盟書「麻～非是」，讀「靡～彼氏」。《方言》十三「靡，滅也。」《廣雅・釋詁》三「～，滅也。」（古文字譜系疏證〔M〕，北京：商務印書館，2007：3041）

吳　一：五七（6），～君其明亟覗之

何琳儀　吳　侯馬三五一，～君其明亟覗之

盟書～，讀吾。（戰國古文字典〔M〕，北京：中華書局，1998：200）

黃德寬 等　吳　侯馬三五一，～君其明亟覗之

侯馬盟書～，讀吾。（古文字譜系疏證〔M〕，北京：商務印書館，2007：1403～1404）

喬　三：二〇（4），趙～

朱德熙，裘錫圭　　趙喬的喬字形體不一：1 號、2 號、3 號、6 號、7 號4 號5 號

金文有：[glyph]《金文編》961

林義光《文源》釋作「就」，並以爲與「喬」形聲義俱近，當即同字（7卷5頁）。盟書4號、5號從[glyph]，即「尤」字，字實當釋「就」，可證林氏「喬」、「就」同字之說是正確的。戰國文字又有：

[glyph]《瞻》上30　　[glyph]《季》104

字從高或喬，九聲。「九」、「就」皆幽部字，疑亦當釋「就」。「尤」古音屬之部，之幽音近，「就」字實從尤聲。1號「喬」字似從「又」，「又」、「尤」皆之部字，音極近。所以此字可釋「就」。總之，「喬」和「就」是從一個字化出來的。（關於侯馬盟書的幾點補釋〔J〕，文物，1972，8：38）

曾志雄　趙喬：人名。盟書「喬」字以「高」旁爲本體，在「高」旁之外，更加「又、止、屮、力、攴」等偏旁。

由於朱德熙、裘錫圭把上述六例「勪」字的「力」旁誤爲「尤」旁，竟同意森義光《文源》之說，把這類「勪」字字形釋爲「就」字，我們認爲是不妥的。朱、裘之說及所引《文源》，見《關於侯馬明盟書的幾點補充》頁38。（侯馬盟書研究〔D〕，香港：香港中文大學研究院中文學部博士論文，1993：177～178）

湯余惠，賴炳偉，徐在國，吳良寶：喬。（戰國文字編〔M〕，福州：福建人民出版社，2001：687～688）

按：曾志雄先生之說可從。

睪　[glyph]一五六：二一（6），皾綐～之皇君之所

何琳儀　睪　侯馬三五二，皾綐～之皇君之所

侯馬盟書～，或作繹。見繹字。（戰國古文字典〔M〕，北京：中華書局，1998：554）

黃德寬 等　睪　侯馬三五二，皾綐～之皇君之所

侯馬盟書～，或作繹，祭名。詳繹字。（古文字譜系疏證〔M〕，北京：商務印書館，2007：1544～1545）

執 六七：二（2），弗～弗獻

山西省文物工作委員會　弗執弗獻——執，捕捉的意思。《穀梁傳・昭公八年》：「執有罪也。」（張頷，陶正剛，張守中，侯馬盟書〔M〕，太原：山西古籍出版社，2006年增訂本：40，亦見：山西省文物工作委員會，侯馬盟書〔M〕，北京：文物出版社，1976第一版）

曾志雄　執：《說文・㚔部》：「捕罪人也；從㚔丮。」（頁496下）可見執爲拘捕罪人的專用詞。盟書「執」字基本上左從「㚔」，右從「丮」；所有「丮」旁下都加「女」形，這屬於新興寫法。又其中少數的三例「丮」旁寫成「人」旁，這應是簡省寫法。（侯馬盟書研究〔D〕，香港：香港中文大學研究院中文學部博士論文，1993：203）

何琳儀　執　侯馬三二九，而弗～

～，甲骨文作（前五・三六・四）。從丮，從㚔，會拘捕罪人之意。㚔亦聲。或突出丮旁之足趾（僞變爲女形）作（不期簋）。戰國文字承襲金文。丮旁之足趾（女形）或與丮脫節，則其下誤作女旁。（戰國古文字典〔M〕，北京：中華書局，1998：1380～1381）

湯余惠，賴炳偉，徐在國，吳良寶：執。（戰國文字編〔M〕，福州：福建人民出版社，2001：690）

奚 九二：四五（1），嗌～

《侯馬盟書・字表》341頁：系。

李裕民　《侯馬盟書》宗盟類四之九二：四五。

《侯馬盟書・字表》釋系。按：即系字。《說文》：「系，繫也。從系，丿聲，……，籀文從爪、絲。」《小臣系卣》作，《𢦏系爵》作，此則省從爪、絲，爪形作，與《浮公父宅匜》之浮字的爪形同。《廿三年戈》有系字作（見《考古學報》一九七四年一期三六頁），與此形同而稍簡（是糸的簡體，《兮仲鍾》孫字作可證），黃盛璋先生釋奚，非。金文奚作（《丙申角》），與此字迴異。由以系字諸形，大致可以看出從商到漢由繁到簡的變化過程，即：——；——

——[illegible]——[illegible]；[illegible]——[illegible]（侯馬盟書疑難字考〔C〕，古文字研究・第五輯，北京：中華書局，1981，1：297～298）

何琳儀 奚 侯馬三二四，嗌～

戰國文字～，人名。（戰國古文字典〔M〕，北京：中華書局，1998：777）

湯余惠，賴炳偉，徐在國，吳良寶：系。（戰國文字編〔M〕，福州：福建人民出版社，2001：834）

黃德寬 等 奚 侯馬三二四，嗌～

戰國文字～，人名。（古文字譜系疏證〔M〕，北京：商務印書館，2007：2099～2100）

按：何琳儀先生之說可從。

※[illegible] [illegible]九八：二七（1），～

黃德寬 等 [illegible] 侯馬三五〇，～

～，從立，翏聲。侯馬盟書～，人名。（古文字譜系疏證〔M〕，北京：商務印書館，2007：680～681）

※[illegible] [illegible]八八：一三（2），趙～

湯余惠，賴炳偉，徐在國，吳良寶：[illegible]。（戰國文字編〔M〕，福州：福建人民出版社，2001：698）

黃德寬 等 [illegible] 侯馬三三四，趙～

～，從立，喬聲。墧之異文。戰國文字土旁或作立形。《集韻》墧或從喬。侯馬盟書～，人名。（古文字譜系疏證〔M〕，北京：商務印書館，2007：794）

心 [illegible]一：一（1），腹～

曾志雄 盟書「心」字基本作[illegible]形，下面拖一長尾，張振林認爲屬春秋後期至戰國期間形態。（《試論銅器銘文形式上的時代標記》頁 74）其中一例又作[古文字]（98：15），週邊二筆連成一劃，應屬更新形態，湯余惠認爲這是燕國文字的特殊結體（《略論戰國文字形體研究中的幾個問題》頁 48）。（侯馬盟書研究〔D〕，香港：香港中文大學研究院中文學部博士論文， 1993：60）

何琳儀　心　侯馬三○一，敢不閛其腹～

～，像心臟之形。（戰國古文字典〔M〕，北京：中華書局，1998：1421）

黃德寬 等　心　侯馬三○一，腹～

～，像心臟之形。（古文字譜系疏證〔M〕，北京：商務印書館，2007：3968～3969）

志 [古文字]一：一（2），敢有～

張頷　「忘」字，此處作「[古文字]」，與《晉姜鼎》銘文「不暇妄寧」之「妄」字上段作「[古文字]」相類。（侯馬東周遺址發現晉國朱書文字〔J〕，文物，1966，2：2）

陳夢家　～，從心止聲，《說文》失載，大徐補之。（東周盟誓與出土載書〔J〕，考古，1966，2：275）

劉翔　等　志，意念。《說文・十下》：「志，意也。」（侯馬盟書〔M〕，商周古文字讀本，北京：語文出版社，1989，9：208）

曾志雄　志字在盟書中絕大多數如《說文解字》那樣「從心㞢（之）聲」（《說文解字繫傳》頁 208 上），作「志」形；但也有極少數作「寺」、「陟」等形（前者七例，後者一例）。我們認爲「志」與「寺」是上文所說的「心、又」偏旁互換關係；「志」與「陟」正好像上面「陟」與「寺」的關係一樣，屬於形聲化過程中不規則表現（其中「志、寺」仍看作偏旁互換）。此外，「志」字還有[古文字]（156：4）、止（203：3）的寫法，前者四例，後者一例；我們認爲前者贅增偏旁「又」，與上文的「嘉」字情況相同（見頁 72），後者爲「心」旁的省略。（侯馬盟書研究〔D〕，香港：香港中文大學研究院中文學部博士論文，1993：89）

何琳儀　志　侯馬三一○，敢有～

侯馬盟書～，讀恃。（戰國古文字典〔M〕，北京：中華書局，1998：46～47）

黃德寬 等　志　侯馬三一○，敢有～

侯馬盟書「敢有～」之～，讀恃。（古文字譜系疏證〔M〕，北京：商務印書館，2007：101～102）

按：何琳儀先生之說可從。

悳　三：二（3），**比～**

陳夢家　德或作直（2號7號），或從直從心（21號）。（東周盟誓與出土載書〔J〕，考古，1966：275）

郭沫若　「悳」是德字，或省作直。（新出侯馬盟書釋文〔M〕，郭沫若全集・考古編・第10卷・考古論集，北京：科學出版社，1972：153）

湯余惠，賴炳偉，徐在國，吳良寶：悳（德）。（戰國文字編〔M〕，福州：福建人民出版社，2001：701）

恃　一五六：四（2），**敢有～**

湯余惠，賴炳偉，徐在國，吳良寶：恃。（戰國文字編〔M〕，福州：福建人民出版社，2001：706）

按：「恃」在盟書中只出現一次，從盟書中「敢有～」的其他辭例看，「恃」應讀爲「志」。

悚　一五三：一（1），～

《侯馬盟書・字表・殘字》384頁：一五三：一。

李裕民　《侯馬盟書》宗盟類四之一五三：一。

字上部爲隸，《郘鍾》作；下部爲心。隸定爲悚。古璽作（《徵》十・六），與此同形。《說文》：「悚，肆也。從心，隸聲。」悚爲參盟人名。（侯馬盟書疑難字考〔C〕，古文字研究・第五輯，北京：中華

書局，1981，1：298）

陳漢平　盟書有人名字作[illegible]，字表未釋。此字從心，隸聲，當釋爲㥽。《說文》：「㥽，肆也。從心，隸聲。」㥽字又訓忘也，緩也，忽也。（侯馬盟書文字考釋〔M〕，屠龍絕緒，哈爾濱：黑龍江教育出版社，1989，10：357）

湯余惠，賴炳偉，徐在國，吳良寶：㥽。（戰國文字編〔M〕，福州：福建人民出版社，2001：707）

按：李裕民先生之說可從。

恤　[illegible]九二：二七（1），～逦

湯余惠，賴炳偉，徐在國，吳良寶：恤。（戰國文字編〔M〕，福州：福建人民出版社，2001：707）

㥶　[illegible]八五：一五（1），䓯～

湯余惠，賴炳偉，徐在國，吳良寶：㥶。（戰國文字編〔M〕，福州：福建人民出版社，2001：708）

黃德寬 等　㥶　侯馬三五〇，䓯～

侯馬盟書～，人名。（古文字譜系疏證〔M〕，北京：商務印書館，2007：2485）

恆（惡）　[illegible]一：六（2），明～視之

陳漢平　盟書有字作[illegible]、[illegible]、[illegible]、[illegible]、[illegible]、[illegible]、[illegible]、[illegible]、[illegible]、[illegible]、[illegible]、[illegible]、[illegible]、[illegible]、[illegible]、[illegible]、[illegible]，盟書字表分別隸定作亟、[illegible]、[illegible]、[illegible]、[illegible]、[illegible]，而以亟字爲其正體，以往考釋者多讀此字爲殛。按此字文例爲「明～覭之」，揆其文義，當以從心之[illegible]字爲其正體。《說文》：「恆，疾也。從心，亟聲。一曰謹重皃。」盟書人名恤[illegible]，[illegible]字或體作[illegible]、[illegible]、[illegible]，知亟、己作爲聲旁可以通用，竊以爲「明[illegible]覭之」當讀爲「明忌覭之」。《說文》：「忌，憎惡也。從心，己聲。」（侯馬盟書文字考釋〔M〕，

屠龍絕緒，哈爾濱：黑龍江教育出版社，1989，10：351）

高明　㥛字盟書有時寫作𥙿，當作殛，《爾雅．釋言》：「殛，誅也。」（載書〔M〕，中國古文字學通論，北京：北京大學出版社，1996，6：426）

何琳儀　悈　侯馬三二〇，明～覗之

《說文》「～，疾也。從心，亟聲。一曰，謹重皃。」侯馬盟書「～覗」，讀「極視」。見亟字。（戰國古文字典〔M〕，北京：中華書局，1998：12）

湯余惠，賴炳偉，徐在國，吳良寶：㥛。（戰國文字編〔M〕，福州：福建人民出版社，2001：708）

黃德寬 等　悈　侯馬三二〇，明～覗之

侯馬盟書「～覗」，讀「極視」，參見「亟」。（古文字譜系疏證〔M〕，北京：商務印書館，2007：74）

按：盟書中～，假爲殛。參見殛。

諐（愆）　三：二六（3）、七九：一〇（2），比～

曾志雄　諐：人名。《說文．心部》：「愆，過也；從心衍聲。……諐，籀文。」盟書的「諐」字還有一例寫作（3：26），李零認爲是「人」旁與「彳」旁互換（上引李文，頁 120），我們認爲不對，這應該是筆誤，因爲古文字中「人、彳」互換畢竟是少見的。此外，在七例從「言」的「諐」字中，有一例將「言」旁寫作「音「旁（79：10）。高明指出，「音」字在目前的資料中最早出現於春秋，而春秋、戰國的古文字中，「言、音」二形旁互相通用，尤以戰國古璽文字更爲顯著，（《中國古文字學通論》頁 153）所以我們認爲盟書「言」旁作「音」是新出的偏旁通用。如果我們依上引《說文》和顏師古之說，把「諐」視爲古老形式的話，則盟書的「諐」字字形呈現趨新走向。（侯馬盟書研究〔D〕，香港：香港中文大學研究院中文學部博士論文，1993：169～171）

何琳儀　諐　侯馬三四九，兟～

～，從言，侃聲。愆之異文。《說文》「愆，過也。從心，衍聲。寒，或從寒省。～，籀文。」（十下十八）《爾雅・釋詁》「～，過也。」侯馬盟書～，人名。（戰國古文字典〔M〕，北京：中華書局，1998：1006）

湯余惠，賴炳偉，徐在國，吳良寶：愆（[illegible]）。（戰國文字編〔M〕，福州：福建人民出版社，2001：710）

黃德寬 等　[illegible]　侯馬三四九，比～

～，從言，侃聲。愆之異文。侯馬盟書～，人名。（古文字譜系疏證〔M〕，北京：商務印書館，2007：2649～2650）

按：古文字心、言形旁可通用。見《中國古文字學通論》（高明，北京大學出版社，1996 年 6 月：135～136）。盟書中～，以上諸家均釋爲愆，可從。

怨　一〇五：三（1），衆人～死

《侯馬盟書・字表》351 頁：惌。

山西省文物工作委員會　惌——借用爲「冤」字，音淵（yuān），冤屈的意思。《說文》以爲「惌」是「怨」的古體字。《一切經音義》：「怨，屈也。」《詩・小雅・都人士》注：「冤，猶屈也。」《說文》：「冤，屈也。」故「惌」字可與「冤」字通用。（張頷，陶正剛，張守中，侯馬盟書〔M〕，太原：山西古籍出版社，2006 年增訂本：44，亦見：山西省文物工作委員會，侯馬盟書〔M〕，北京：文物出版社，1976 第一版）

方述鑫　戰國文字如《侯馬盟書》與《江陵楚簡》中從宀作形之字也多，如《侯馬盟書》的惌字作，安字作。（說甲骨文「」字〔J〕，四川大學學報，1986，2：103）

陳漢平　盟書有字作，字表釋惌，未確。此字文例爲「眾人死」，按傳世文獻惌、怨二字雖有通用現象，然其字形、字義本義在傳世字書中分爲二字。《集韻》：「宛古作惌。」又「紆勿切，音鬱，心所鬱積也。本作慍，或作惌，亦省作宛。」又「驚歎也。」《六書故》：「惋，駭恨也。」惌字又訓小孔貌。而《說文》：「，恚也。從心，夗聲。，古文。」「恚，恨也。」「恨，怨也。」傳世字書怨字異體或作、、

[glyph]，據字形及盟書文義，知[glyph]字當釋爲怨。

補：惌字今日用爲惋惜之惋。（侯馬盟書文字考釋〔M〕，屠龍絕緒，哈爾濱：黑龍江教育出版社，1989，10：352～353）

湯余惠，賴炳偉，徐在國，吳良寶：𡧪。（戰國文字編〔M〕，福州：福建人民出版社，2001：512）

黃德寬 等　怨　侯馬三三四，眾人～死

侯馬盟書「～死」，讀「冤死」。《漢書・刑法志》「天下獄三千餘所，其冤死者多少相覆，獄不減一人。」（古文字譜系疏證〔M〕，北京：商務印書館，2007：2559）

姜允玉　盟書原作「[glyph]」，《汗簡》卷三、《說文》「怨」字古文、三體石經《無逸》、《古孝經》都有「怨」字，和此字字形相同。因此本字可釋作「怨」，無須釋爲「惌」。「惌」字在盟書中見於「而卑眾人惌死□」句中，作「怨」字解原句可通；《侯馬盟書》注釋部分以「惌」字借用爲「冤」，不必的。（《侯馬盟書・字表》補正〔M〕，古文字研究・第二十七輯，北京：中華書局，2008：365）

按：侯馬盟書發表者之說可從。

悔　[glyph]三五：三（3），～復

何琳儀　悔　侯馬三二五，而敢～復趙弧

侯馬盟書～，悔改。（戰國古文字典〔M〕，北京：中華書局，1998：130）

黃德寬 等　悔　侯馬三二五，而敢～復趙弧

侯馬盟書～，用基本義，指～改。（古文字譜系疏證〔M〕，北京：商務印書館，2007：321）

姜允玉　盟書原作[glyph]，上從每，下從心，按字形隸作「悔」是不錯的；但該字出現在「而敢[glyph]復趙尼……」句中，釋「悔」義則就全句不通，釋「謀」義則文從字順。（《侯馬盟書・字表》補正〔M〕，古文字研究・第二十七輯，北京：中華書局，2008：365）

㥯 [illegible]一：四八（1），邶～

湯余惠，賴炳偉，徐在國，吳良寶：㥯。（戰國文字編〔M〕，福州：福建人民出版社，2001：715）

惕 [illegible]一六：三（2），～茲

山西省文物工作委員會　惕88——88，音幽（yōu）。「惕88」即謹愼的意思。古「88」字又常作爲「茲」字用。（張頷，陶正剛，張守中，侯馬盟書〔M〕，太原：山西古籍出版社，2006 年增訂本：32，亦見：山西省文物工作委員會，侯馬盟書〔M〕，北京：文物出版社，1976 第一版）

何琳儀　惕　侯馬三二九，余不敢～茲

侯馬盟書～，讀易。《呂覽・禁塞》「古之道也不可易」，注「易，猶違。」（戰國古文字典〔M〕，北京：中華書局，1998：760）

湯余惠，賴炳偉，徐在國，吳良寶：惕。（戰國文字編〔M〕，福州：福建人民出版社，2001：716）

黃德寬 等　惕　侯馬三二九，余不敢～茲

侯馬盟書～，讀易，改變。（古文字譜系疏證〔M〕，北京：商務印書館，2007：2051～2052）

按：《古文字譜系疏證》之說可從。

※忒 [illegible]一：九四（1），～

李裕民　[illegible]《侯馬盟書》宗盟類二之一：九四。

此字《侯馬盟書・字表》隸定爲忒。按：忒即忒字。（侯馬盟書疑難字考〔C〕，古文字研究・第五輯，北京：中華書局，1981，1：292）

曾志雄　忒：李裕民據《蔡侯鎛》「忒」字從「戈」，楚帛書「忒」字省作「戈」，認爲先秦「忒」字本從「戈」作，主張「忒」字釋作「忒」。（《侯馬盟書疑難字考》頁 292）。李家浩不但舉出幾個古文字中「戈」旁用作「弋」旁的例子，而且也主張盟書的「忒」釋爲「忒」。（《戰國邙布

考》頁 160～161）我們同意二人之說。（侯馬盟書研究〔D〕，香港：香港中文大學研究院中文學部博士論文，1993：232）

黃德寬 等　怘　侯馬三一七，～

侯馬盟書～，人名。（古文字譜系疏證〔M〕，北京：商務印書館，2007：162）

按：《古文字譜系疏證》之說可從。

※怣　九二：二六（2），而敢或～改

黃德寬 等　怣　侯馬三三八，而敢或～改

～，從心，弁聲，或疑昪之異文，或作忭。《集韻》「昪，《說文》喜樂也，或作忭。」或釋戀。侯馬盟書～，讀變。參覍字。（古文字譜系疏證〔M〕，北京：商務印書館，2007：2816）

※懩　一五四：一（1），～□

《侯馬盟書・字表・殘字》384 頁：一五四：一。

李裕民　《侯馬盟書》宗盟類四之一五四：一。

字從心從蔡，所從之蔡與《魏三體石經》古文同，隸定爲懩。《懩子鼎》之懩作（《商周金文錄遺》六二），與此形同，只是左右偏旁互易了位置。懩下尚有形，從盟書中所處地位看，應爲另外一字。懩□是參盟人名。（侯馬盟書疑難字考〔C〕，古文字研究・第五輯，北京：中華書局，1981，1：298～299）

按：李裕民先生之說可從。

※㥻　三：一九（2），比～

《侯馬盟書・字表》366 頁：㥻，同㒸。

李零　《侯馬盟書》「委質類」，「被盟詛人名」中有不少是屬於「兟」氏（先氏）。「兟」氏諸名中，有一名「㒸」（亦作：詶、謳、䜌、𢔶），他的名字有時也寫成或，把亻旁或彳旁換成阜旁，尻換成水。㒸字，

過去曾見於蔡侯申墓出土的一件編鎛，文作「不䜭不貣（忒），陳夢家先生已指出，此字同於《說文》愆字的籒文，應釋愆，新出《金文編》721 頁亦隸於愆字下，這都非常正確。

既然《侯馬盟書》中的䜭字就是愆字，而䜭字又同於[illegible]或[illegible]字，可見後者也就是愆字。（釋「利津[illegible]」和戰國人名中的[illegible]與[illegible]字〔M〕，出土文獻研究續集，北京：文物出版社，1989：120～121）

黃德寬 等　[illegible]　侯馬三四九，比～

～，從心，𩓾聲（或𩓾省聲）。戰國文字～，讀愆，人名。（古文字譜系疏證〔M〕，北京：商務印書館，2007：2643）

按：李零先生之說可從。[illegible]（廿四年晉戈）；[illegible]（璽印集粹），與盟書形同。

※[illegible]　[illegible]九二：一四（3），～

黃德寬 等　[illegible]　侯馬三三三，～

～，從心，痁聲。侯馬盟書～，或作痁，人名。（古文字譜系疏證〔M〕，北京：商務印書館，2007：1338）

※[illegible]　[illegible]八五：六（3），比～

黃德寬 等　[illegible]　比～

～，從心，痝聲，疑痝之繁文。侯馬盟書～，人名。（古文字譜系疏證〔M〕，北京：商務印書館，2007：84）

※[illegible]　[illegible]一六：三（3），□～

黃盛璋　「審」下從「心」，應即「審」字，《說文》審「悉也，知審，諦也」。（關於侯馬盟書的主要問題〔J〕，中原文物，1981，2：30）

黃德寬 等　[illegible]　侯馬三五三，□～

～，從心，審聲。侯馬盟書～，不詳。（古文字譜系疏證〔M〕，北京：商務印書館，2007：3920）

※悉　[illegible]二〇〇：一一（1），～

黃德寬 等　悉　侯馬三一八，～

～，從心，采聲，疑憓之異文。《說文》采或從禾，惠聲，是其佐證。《集韻・齊韻》「憓，愛也，順也。通作惠、譓。」音胡桂切。侯馬盟書～，人名。（古文字譜系疏證〔M〕，北京：商務印書館，2007：3038）

※悉　[illegible]九二：三〇（1），～赦

《侯馬盟書・字表》344 頁：悉。

湯余惠，賴炳偉，徐在國，吳良寶：悉。（戰國文字編〔M〕，福州：福建人民出版社，2001：721）

按：盟書中～所從的「火」旁與盟書中「秋」（[illegible]三：三）所從的「火」旁相同。盟書中「～赦」，宗盟類參盟人名。

※悲　[illegible]一：四五（1），而敢不～從嘉之盟

湯余惠，賴炳偉，徐在國，吳良寶：悲。（戰國文字編〔M〕，福州：福建人民出版社，2001：725）

黃德寬 等　悲　侯馬三四八，而敢不～從嘉之盟

～，從心，聿聲。侯馬盟書～，讀作盡。參見「聿」。（古文字譜系疏證〔M〕，北京：商務印書館，2007：3554）

※强　[illegible]一：九九（1）[illegible]探八□：二（3），～梁

《侯馬盟書・字表》340 頁：剛。

何琳儀　强　侯馬三二三，～梁

～，從心，弖聲。疑弖之繁文。侯馬盟書～，讀強。見弖字。（戰國古文字典〔M〕，北京：中華書局，1998：647）

湯余惠，賴炳偉，徐在國，吳良寶：强。（戰國文字編〔M〕，福州：福建人民出版社，2001：726）

黃德寬 等　怨　侯馬三二三，～梁

～，從心，弜聲。疑弜之繁文。見引字。侯馬盟書「～梁」，讀「強梁」。見引字。（古文字譜系疏證〔M〕，北京：商務印書館，2007：1800）

按：何琳儀先生之說可從。

《侯馬盟書文字集釋》卷十一

沽 八五：二〇（1），～

何琳儀　沽　侯馬三一五，～

戰國文字～，人名。（戰國古文字典〔M〕，北京：中華書局，1998：475）

汋 八八：九（1），～

《侯馬盟書・字表・存疑字》374 頁：八八：九。

李裕民　《侯馬盟書》宗盟類四之八八：九。

字從水從勺，即汋字。《中山王鼎》作（《文物》一九七九年一期十三頁圖十五）。《說文》：「汋，激水聲也。從水，勺聲。」此係參盟人名。（侯馬盟書疑難字考〔C〕，古文字研究・第五輯，北京：中華書局，1981，1：297）

陳漢平　盟書有人名字作，字表未釋。按中山王鼎銘：「蒦其溺於人也，寧溺於淵」，溺字作，與此形同，故此字當釋爲溺。（侯馬盟書文字考釋〔M〕，屠龍絕緒，哈爾濱：黑龍江教育出版社，1989，10：356）

※沖 一六：二四（1），～

湯余惠，賴炳偉，徐在國，吳良寶：沖。（戰國文字編〔M〕，福州：福建人民出版社，2001：755）

黃德寬 等　沖　侯馬三一五，～

～，從水，申聲。侯馬盟書～，人名。（古文字譜系疏證〔M〕，北京：商務印書館，2007：3468）

※涱 九二：一五（1），～

黃德寬 等　涱　侯馬三二七，～

～，從水，長聲。漲之省文。見《集韻》「漲，水大貌。或省。」侯馬盟書～，人名。（古文字譜系疏證〔M〕，北京：商務印書館，2007：1874）

侃 一：四一（1）、二〇〇：一八（1），仁柳～

湯余惠，賴炳偉，徐在國，吳良寶：侃。（戰國文字編〔M〕，福州：福建人民出版社，2001：762）

永 三：二〇（8），則～亟覛之

陶正剛，王克林　「永」字與金文、石鼓文相同，《說文》：「永，長也」。（侯馬東周盟誓遺址〔J〕，文物，1972，4：31）

曾志雄　永，《說文・永部》：「永，水長也；像水巠理之長永也。」《春秋左傳詞典》「永」字解作「長也，久也」（頁 210），應由此引申而來；而盟書之「永」字就是「長、久」的意思，是一個副詞，和上文「明亟覛之」的「明」字詞類相同。「永」字由於字形簡單，字形基本上沒有變化。（侯馬盟書研究〔D〕，香港：香港中文大學研究院中文學部博士論文，1993：187）

何琳儀　永　侯馬三〇四，則～亟覛之

～，從人，從行，會人行路途長遠之意。行亦聲。～爲行之準聲首。

（十一下三）（戰國古文字典〔M〕，北京：中華書局，1998：626）

黃德寬 等　永　侯馬三〇四，則～亟覞之（古文字譜系疏證〔M〕，北京：商務印書館，2007：1760～1762）

冶　一〇五：二（1），～無卹

《侯馬盟書・字表・殘字》384 頁：一〇五：二。

黃德寬 等　冶　侯馬三六七，～無卹

～，從火，從二（裝飾部件），從口（裝飾部件），刀聲。～，定紐魚部；刀，端紐宵部。端、定均屬舌音，宵、魚旁轉。晉璽～，姓氏。見《姓氏考略》。（古文字譜系疏證〔M〕，北京：商務印書館，2007：1519～1520）

按：《古文字譜系疏證》之說可從。

※雽　八五：一五（1），～[illegible]

陳漢平　盟書有人名字作，字表釋雽，未確。此字當釋霻，讀爲[illegible]。《集韻》：「[illegible]，依謹切，音隱。[illegible][illegible]，雲貌。」（侯馬盟書文字考釋〔M〕，屠龍絕緒，哈爾濱：黑龍江教育出版社，1989，10：350）

湯余惠，賴炳偉，徐在國，吳良寶：[illegible]。（戰國文字編〔M〕，福州：福建人民出版社，2001：768）

黃德寬 等　雽　侯馬三四六，～[illegible]

～，從雨，寽聲。或疑雷之異文。侯馬盟書～，姓氏。讀雷。古諸侯國有方雷氏，後以國爲氏。見《古今姓氏書辯證》。（古文字譜系疏證〔M〕，北京：商務印書館，2007：2468）

按：《古文字譜系疏證》之說可從。

魚　一五六：三（3），～君其明亟覞之

何琳儀　魚　侯馬三五一，～君其明亟覞之

《說文》：「～，水蟲也。象形。～尾與燕尾相似。」侯馬盟書～，或

作䖒。見䖒字。（戰國古文字典〔M〕，北京：中華書局，1998：501）

黃德寬 等　魚　侯馬三五一，～君其明亟覤之

侯馬盟書～，或作䖒。見䖒字。（古文字譜系疏證〔M〕，北京：商務印書館，2007：1406～1408）

非　一：一（3）、一：四（3），麻臺～是

陳夢家　我是即我氏。

我字與《說文》古文寫法相近。（東周盟誓與出土載書〔J〕，考古，1966，2：275）

朱德熙　載書非字當從傳文訓爲彼，傳文視字當從載書讀爲氏。非與匪通，匪、彼音近，典籍匪字訓彼之例極常見。（戰國文字研究〈六種〉·侯馬載書「麻夷非是」解〔M〕，朱德熙古文字論集，北京：中華書局：1995，2：32，亦見：朱德熙文集·第5卷，北京：商務印書館，1999，9：31～32）

劉翔　等　非，指示代詞，義同「彼」。經籍有用「匪」爲「彼」者。《詩經·檜風·匪風》：「匪風發兮，匪車偈兮。」王引之《經傳釋詞》卷十：「言彼風之動發發然，彼車之驅偈偈然也。」（侯馬盟書〔M〕，商周古文字讀本，北京：語文出版社，1989，9：209）

林志強　「非，通「彼」。（戰國玉石文字研究述評〔J〕，中山大學研究生學刊，1990，4：45）

何琳儀　非　侯馬三一五，麻臺～是

侯馬盟書「麻臺～是」，讀「昧夷彼氏」。即《公羊·襄廿七》「靡雉彼視」。《詩·小雅·桑扈》「彼交匪敖」，《左·襄廿七》引彼作匪。《詩·小雅·采菽》「彼交匪紓」，《荀子·勸學》引彼作匪，是其佐證。（戰國古文字典〔M〕，北京：中華書局，1998：1291）

黃德寬 等　非　侯馬三一五，麻臺～是

侯馬盟書「麻臺～是」，讀作「昧雉彼視」，～、彼音近古通。《詩·小雅·桑扈》「彼交匪敖」，《左傳·襄公二十二年》引彼作匪。《詩·

小雅・采菽》「彼交匪紓」，《荀子・勸學》引彼作匪，是其佐證。《公羊傳・襄公二十七年》「攜其妻子而與之盟，曰『苟有履衛地食衛粟者，昧雉彼視。』」何休注「昧，割也。時割雉以為盟，猶曰視彼割雉，負此盟則如彼矣。」（古文字譜系疏證〔M〕，北京：商務印書館，2007：3167～3170）

按：朱德熙先生之說可從。

《侯馬盟書文字集釋》卷十二

不　一、一六：三（2），余～敢。二、一六：三（5），～帥從。三、一六：三（1）、六七：五二（3），～顯。四、一：一（1），敢～閛其腹心。五、一：五（1），敢～盡從嘉之盟。六、六七：一（1），敢～逹從此盟誓之言。七、一五六：一八（2），～守二宮。八、二〇三：一一（6），而敢～巫覡祝史。九、一〇五：一（1）、一〇五：二（1），韓子所～虔奉。十、六七：四〇（1），～諱。十一、一〇五：一（3）、一〇五：二（3），～利於。十二、探八□：三（2）、探八□：三（2），～盟於邯鄲

陳夢家　「不盡從」，「不」爲「盡從」的否定詞，非屬「敢不」讀。不盡從即不完全依從。

稱先君爲「不顯皇君某公」。（東周盟誓與出土載書〔J〕，考古，1966，2：275、277）

山西省文物工作委員會　不顯——即「丕顯」，光大顯赫的意思。（張頷，陶正剛，張守中，侯馬盟書〔M〕，太原：山西古籍出版社，2006 年增訂本：40，亦見：山西省文物工作委員會，侯馬盟書〔M〕，北京：文物出版社，1976 第一版）

湯余惠　不守二宮，意思是不奉祀盟主趙簡子的父廟（禰廟）和祖廟（祧廟）。（侯馬盟書〔M〕，戰國銘文選，長春：吉林人民出版社，1993，9：197）

曾志雄　「丕顯」爲金文常用語，過去討論的人頗多。姜昆武結合金文和古文獻資料，認爲「丕顯」爲「周初成詞，頌贊之常詞也。金文、《詩》、《書》屢用之，不見於甲骨文。其字或作丕，或作不。

「丕顯」在侯馬盟書中一律寫作「不顯」，與溫縣盟書和沁陽盟書基本作「丕顯」不同。這兩種寫法，可能反映了晉國文字的地區性差異。三種盟書和金文比較，侯馬盟書的「丕顯」更接近金文。

盟書中的「不」字有兩種寫法，一種與今天的寫法相同，共四百六十例左右；一種在「不」上有一短劃，共四百一十例；作爲「丕」字用的「不」，不加短劃的有九例，加短劃的有十九例。本篇的「不」隱約見到近似後者。張振林《試論銅器銘文形式上的時代標記》一文指出，「不」字字首上加短劃，是春秋後期至戰國後期的做法，可見後者是一種新興形式。從二者用例的總和幾乎相等看，「不」字的新舊形式已成均勢，說明新形式在使用上已相當成熟，人們已習以爲常。

丕：盟書中「不」字和「丕」字寫法完全相同，只是用法不同（出現的語言環境不同）；有的出現在「敢」字之下，有的出現在「顯」字之上。《侯馬盟書．字表》把前者定爲「不」，把後者定爲「丕」。即《侯馬盟書》把「不」「丕」分爲二字，是根據用法的不同而非根據字形的不同。在「不」字之外，盟書也有一個字形作二字用的情形，但《侯馬盟書》並沒有因這些字的不同用法而把它們分爲二字，在體例上似乎並不一致。（侯馬盟書研究〔D〕，香港：香港中文大學研究院中文學部博士論文，1993：46～47、230）

何琳儀　不　侯馬三○二，余～敢；～顯

戰國文字承襲金文，或加贅筆作[illegible]、[illegible]、[illegible]等形。後者分化爲丕字。侯馬盟書「～敢」，見《孟子．公孫丑》下「～敢以陳于王前。」侯馬盟書「～顯」，讀「丕顯」。《書．文侯之命》「丕顯文武。」《說文》「丕，大也。」（戰國古文字典〔M〕，中華書局，1998：116）

黃德寬 等　不　侯馬三〇二，余～敢

春秋戰國之時，又於不字中長豎筆上加一飾點，後飾點延長爲橫畫，遂分化出丕字，參見「丕」字。（古文字譜系疏證〔M〕，商務印書館，2007：278）

姜允玉　盟書中「不」字和「丕」字寫法完全相同，只是用法不同；有的出現在「敢」字之下，有的出現在「顯」字之上。《字表》把前者定爲「不」，把後者定爲「丕」。《侯馬盟書》把「不」、「丕」分爲二字，是根據用法的不同而非根據字形的不同。盟書也有一個字形作二字用的情形，但《盟書》並沒有因這些字的不同用法而把它們分爲二字，在體例上似乎並不一致。（《侯馬盟書・字表》補正〔M〕，古文字研究・第二十七輯，北京：中華書局，2008：363）

按：曾志雄先生之說可從。

臺 一五六：七（1），～卯

《侯馬盟書・字表》366 頁：耋。

曾志雄　耋卯：見《侯馬盟書》頁 60，《附錄》第 172 號。「耋」原文作（156：7），裘錫圭指出戰國貨幣文有趙國地名「平臺」，「臺」字作，與盟書此字字形近似，主張盟書此字釋「臺」，並認爲戰國貨幣字形即盟書字形之簡化。由於平臺、侯馬於春秋時皆屬晉地，二者爲同一地區之文字，今從裘說。（侯馬盟書中的人名問題〔C〕，容庚先生百年誕辰紀念文集，廣州：廣東人民出版社，1998，4：501～502）

何琳儀　臺　侯馬三四九，～卯

～，秦系文字從喬（或高），從至，會至於高處之意。晉系文字疑疊加止聲或者聲。侯馬盟書～，姓氏，～駘之後，見《通志・氏族略・以名爲氏》。（戰國古文字典〔M〕，北京：中華書局，1998：62）

湯余惠，賴炳偉，徐在國，吳良寶：臺。（戰國文字編〔M〕，福州：福建人民出版社，2001：776～777）

黃德寬 等　臺　侯馬三四九，～卯

侯馬盟書～，姓氏，～駘之後，見《通志・氏族略・以名爲氏》。（古文字譜系疏證〔M〕，北京：商務印書館，2007：140）

※閈　閈一：一四（1），敢不～其腹心

何琳儀　閈　侯馬三三八，敢不～其腹心

～，從門，𢆉聲。或說，門爲疊加音符。～，幫紐；門，明紐；均屬脣音。侯馬盟書～，讀判。參𢆉字。（戰國古文字典〔M〕，北京：中華書局，1998：12）

黃德寬 等　閈　侯馬三三八，敢不～其腹心

～，從門，𢆉聲。侯馬盟書～，讀判。參𢆉字。（古文字譜系疏證〔M〕，北京：商務印書館，2007：2789）

※閈　閈一九四：四（1），～其腹心，

張頷　「閈」字其中之「𠆤」爲幣文「半」字。有的玉片則僅書作「𠆤」字。（侯馬東周遺址發現晉國朱書文字〔J〕，文物，1966，2：1）

郭沫若　「閈」即闢字，張頷同志讀爲剖，謂「閈其腹心」，蓋爲剖明心腹之意，甚是。通俗而言之，則爲開心見腸或開誠佈公。（侯馬盟書試探〔J〕，文物，1966，2：5）

陳夢家　「敢不」下一字，在載書上或從門從半，或徑作半。《說文》闢字從門辟聲，古文從𠦬（攀），與半音近，《廣雅・釋詁四》曰「辟，半也」。（東周盟誓與出土載書〔J〕，考古，1966，2：274）

唐蘭　半或閈都讀如判，釋爲剖是對的。《左傳・宣公十二年》說：「敢布腹心」，《史記・越王勾踐世家》：「孤臣夫差敢布腹心」，均作布，《淮陰侯傳》：「臣願披腹心，輸肝膽」，作披，均一聲之轉。（侯馬出土晉國趙嘉之盟載書新釋〔J〕，文物，1972，8：32）

山西省文物工作委員會　閈其腹心——閈，音半（bàn），盟書中或作「半」。意同於「判」、「剖」、「布」。閈其腹心，即剖明心腹，布其誠意的意思。

《左傳・宣公十二年》:「敢布腹心。」(張頷，陶正剛，張守中，侯馬盟書〔M〕，太原：山西古籍出版社，2006 年增訂本：35，亦見：山西省文物工作委員會，侯馬盟書〔M〕，北京：文物出版社，1976 第一版)

李裕民　「⿵門半其腹心」即剖明心腹，表示誠意。(我國古代盟誓制度的歷史見證——侯馬盟書〔J〕，文史知識，1986，6：56)

劉翔　等　⿵門半，從門，半聲。此字在同出盟書中又寫作「半」，通「判」，義同「剖」。《說文・四下》:「剖，判也。」丌，代詞，經籍通作「其」。剖其腹心，即剖明心跡竭誠相見之意。《左傳・宣公十二年》:「敢布腹心。」與此相類。(侯馬盟書〔M〕，商周古文字讀本，北京：語文出版社，1989，9：207)

陳漢平　盟書有字作[illegible]、[illegible]、[illegible]、[illegible]，文例為「敢不～其腹心」，字表分別隸定作⿵門半、半，未確。《說文》:「[illegible]，量物分半也。從斗，從半，半亦聲。博幔切。」據此知盟書二字當分別隸定作𣁽、⿵門𣁽。⿵門𣁽字從門，𣁽聲，乃會意兼形聲文字。⿵門𣁽字從門與辯、辨、辮、瓣字從辡；班、斑字從玨造字相若，諸字多有分、判之義。⿵門𣁽、𣁽字在盟書讀為剖判之判。(侯馬盟書文字考釋〔M〕，屠龍絕緒，哈爾濱：黑龍江教育出版社，1989，10：353)

湯余惠　⿵門半，從門、⿱八斗(半)聲，讀為剖；剖其心，披肝瀝膽竭誠盡忠的意思。(侯馬盟書〔M〕，戰國銘文選，長春：吉林人民出版社，1993，9：197)

曾志雄　朱德熙分析了戰國容器中各種「半」字的字形，排列成以下變化：

(1) [illegible]──→ (2) [illegible]──→ (3) [illegible]──→ (4) [illegible]──→ (5) [illegible]

他以為上述各字形從八從斗，隸作「⿱八斗」，釋為「𣁽」，這就是《說文解字》中「量物分半」的「𣁽」字，戰國時代一般用作「半」字；李家浩指出上述字形都見與趙國布幣，認為這是趙國文字的特點。侯馬盟書的「半」字和「⿵門半」字內的「⿱八斗」旁，和上述字形中第一第二類的結構相似，應屬於趙地戰國早期的寫法；而上引《古璽文編》的「⿵門半」字隸爲「⿵門⿱八斗」則更合理。

「⿵門⿱八斗」、「半」二者在盟書中數量頗接近，前者一百六十二例，後者九十八例，前者作爲一種新形式，似乎已取得通行的優勢。（侯馬盟書研究〔D〕，香港：香港中文大學研究院中文學部博士論文，1993：57）

按：半字作⿱八斗是晉系文字的特有寫法，是區別晉系文字與他系文字的標誌之一。

耴 ⿷一：五二（1），～

湯余惠，賴炳偉，徐在國，吳良寶：耴。（戰國文字編〔M〕，福州：福建人民出版社，2001：786）

聞 ⿱…六七：一（2），～宗人兄弟

《侯馬盟書・字表》346 頁：婚。

山西省文物工作委員會　婚——借用爲「聞」字。銅器郗王子鍾銘文「聞于四方」的「聞」字即書作「婚」。（張頷，陶正剛，張守中，侯馬盟書〔M〕，太原：山西古籍出版社，2006 年增訂本：40，亦見：山西省文物工作委員會，侯馬盟書〔M〕，北京：文物出版社，1976 第一版）

曾志雄　盟書「聞」字作「⿰⿱爫昏耳」，與《說文》古文聞字作「𦖞」應是方位未定的變化。盟書「⿰⿱爫昏耳」字主要有兩式字形，一式繁寫，如上所引；一式省去「雀弁」下的兩點，應是簡省形式。前者九例，後者四例；簡省的未成主流。（侯馬盟書研究〔D〕，香港：香港中文大學研究院中文學部博士論文，1993：201～202）

黃德寬 等　⿰火耳（⿸厂憂）　侯馬三二九，～宗人兄弟內室者

侯馬盟書～，讀聞。《說文》「聞，知聞也。」（古文字譜系疏證〔M〕，北京：商務印書館，2007：3802～3804）

姜允玉　盟書「聞」字作「⿰⿱爫昏耳」，與《說文》古文聞字作「𦖞」應是方位未字的變化。盟書「⿰⿱爫昏耳」字主要有兩式字形，一式繁寫，如上所引：一

式省去「雀弁」下的兩點，應是簡省形式。前者九例，後者四例；簡省的未成主流。（《侯馬盟書・字表》補正〔M〕，古文字研究，北京：中華書局，2008：364）

按：曾志雄先生之說可從。

職（䶂）　[illegible]九二：四二（1），～

陳漢平　盟書有字作[illegible]，字表釋職，未確。按此字從県，從糸，從戈，即從縣，從戈。金文馘字作[illegible]（虢季子白盤）、[illegible]（或簋）、[illegible]（多友鼎）、[illegible]（敔簋）、[illegible]（小盂鼎），字從県（倒首）省，從或，或從戈作，知盟書此字當釋爲馘。《說文》：「聝，軍戰斷耳也。《春秋傳》曰：以爲俘聝。從耳，或聲。馘，聝或從首。古獲切。」（侯馬盟書文字考釋〔M〕，屠龍絕緒，哈爾濱：黑龍江教育出版社，1989，10：354）

湯余惠，賴炳偉，徐在國，吳良寶：職。（戰國文字編〔M〕，福州：福建人民出版社，2001：787）

黃德寬 等　䶂　侯馬三五一，～

～，從首，戠聲，疑職之異文。（古文字譜系疏證〔M〕，北京：商務印書館，2007：117～118）

按：～，應嚴格隸定爲䶂，職的異體。

拳　[illegible]一九五：一（1），～

《侯馬盟書・字表・殘字》385 頁：[illegible]一九五：一。

何琳儀　拳　侯馬三六八，～

《說文》：「～，手也。從手，𠔉聲。」侯馬盟書～，人名。（戰國古文字典〔M〕，北京：中華書局，1998：1003）

※[illegible]　[illegible]三：二一（2），比～

湯余惠，賴炳偉，徐在國，吳良寶：[illegible]。（戰國文字編〔M〕，福州：福建人民出版社，2001：834）

黃德寬 等　㧕　侯馬三二六，䟖～

～，從手，弜聲。疑㩿之省文，弶之異文。《集韻》「弶，《字林》施罟於道。一曰，以弓罥鳥獸。或作㩿。」

盟書～，人名。（古文字譜系疏證〔M〕，北京：商務印書館，2007：1800）

按：《古文字譜系疏證》之說可從。

女　[古文字]一六：三（1），～嘉之

山西省文物工作委員會　女嘉之——「女」同「汝」。嘉之，嘉美的意思。《尚書・文侯之命》「若汝予嘉。」《國語・吳語》：「若余嘉之。」《左傳・昭西元年》：「帝用嘉之」。（張頷，陶正剛，張守中，侯馬盟書〔M〕，太原：山西古籍出版社，2006 年增訂本：32，亦見：山西省文物工作委員會，侯馬盟書〔M〕，北京：文物出版社，1976 第一版）

郭政凱　汝嘉，有一例。16：3 篇體例特殊，自稱「餘」，而不稱名。對主盟人趙嘉既不稱主，也不稱君，而是稱「汝嘉」，應爲比趙嘉地位高的人。（侯馬盟書參盟人員的身份〔J〕，陝西師範大學學報・哲學社會科學版，1989，4：96）

曾志雄　女，即汝，第二身人稱代詞，與金文、《左傳》同。由於金文未見「汝」字，所以「女」與「汝」，和「余」與「予」一樣，是古今字的關係。

《侯馬盟書》謂女同汝（頁 34），但未釋汝爲何義。按原句上下文推斷，應是第二人身稱代詞用法。（侯馬盟書研究〔D〕，香港：香港中文大學研究院中文學部博士論文，1993：49～50）

何琳儀　女　侯馬二九九，～嘉之

盟書～，讀汝，第二人稱代詞。（戰國古文字典〔M〕，北京：中華書局，1998：557～558）

黃德寬 等　女　侯馬二九九，～嘉之

盟書～，讀汝。（古文字譜系疏證〔M〕，北京：商務印書館，2007：

1552～1554）

姷（侑）　[illegible]一：四〇（1），敢不～閛其腹心

湯余惠　侑，通有、友，親近的意思，《左傳．昭公二十年》：「寡君之下臣，君之牧圉也。若不獲扞外役，是不有寡君也。」杜預注：「有，相親有。」（侯馬盟書〔M〕，戰國銘文選，長春：吉林人民出版社，1993，9：197）

何琳儀　侑　侯馬三一五，敢不～閛其腹心
～，從人，有聲。姷之異文。《說文》「姷，耦也。從女，有聲。讀若祐。～，姷或從人。」（十二下九）侯馬盟書～，讀姷。（戰國古文字典〔M〕，北京：中華書局，1998：12）

黃德寬 等　侑　侯馬三一五，敢不～閛其腹心
～，從人，有聲。姷之異文。《說文》「姷，耦也。從女，有聲。讀若祐。～，姷或從人。」（十二下九）侯馬盟書～，讀姷。（古文字譜系疏證〔M〕，北京：商務印書館，2007：31）

按：～，姷的或體，見《說文》。

弗　一、[illegible]三：二二（7），～殺。二、[illegible]一五六：一九（8），～伐。三、[illegible]二〇三：一一（3），～詨。四、[illegible]六七：四（2）[illegible]六七：四（2），～執～獻。

山西省文物工作委員會　弗殺，盟書中或作「弗伐」。《爾雅．釋詁》：「伐……殺也」。《左傳．哀公十三年》：「不可以見仇而弗殺也。」弗，不的意思。（張頷，陶正剛，張守中，侯馬盟書〔M〕，太原：山西古籍出版社，2006 年增訂本：39，亦見：山西省文物工作委員會，侯馬盟書〔M〕，北京：文物出版社，1976 第一版）

曾志雄　盟書「弗」字像上述甲骨文、金文、古文獻一樣，也有作「不」的。在本句中，作「弗」的有十一例，作「不」的有六例，與文獻中「弗」少而「不」多的情況略有不同；而作「不」的還有二例帶賓語

「之」寫成「不之」，這是用「弗」字的句子所不見的。如果「弗」字不相當於「不之」二字，正如黃景欣所證明那樣，那麼這表明了「弗」字以不帶賓語為常。同時，這也說明為甚麼下文「納室類」「弗執弗獻」一句全用「弗」字而沒有作「不」的，大概是因為撰稿人不願因用「不」字之後而引入「之」字，打斷了「弗執弗獻」平排直下的緊湊語氣。

「弗」字盟書有（67：1），（67：5），（67：21）等四種寫法。若連同「納室類」計算在內，作第一表有二十八例，第二形有十五例，第三形有一例，第四形有二例。徐中舒據《叔皮父簋》「弗」字字形，指出「弗」字從「弋」甚明；（《弋射與弩之溯原及關於此類名物之考釋》頁419）吳其昌則指出上述從「弋」之「弗」，經過渡更省之後而成為二直劃；（《金文名象疏證（續）》頁242）湯余惠則指出像盟書第一形之「弗」為戰國時之寫法；（《略論戰國文字形體研究中的幾個問題》頁30）可知第一形為最新之字形，第二形為最古老之字形，第四形為西周金文的寫法（並參考《古文字類篇》頁356「弗」字）；至於第三形，比較少見，未知是不是第一形筆劃殘損所致。由於第一形用例最多，「弗」字呈趨新走向。（侯馬盟書研究〔D〕，香港：香港中文大學研究院中文學部博士論文，1993：195～196）

何琳儀　弗　侯馬三〇五，～殺

侯馬盟書～，見《廣雅·釋詁》四「～，不也。」侯馬盟書～，姓氏。見《萬姓統譜》。或讀鄬。鄬，姓氏，漢有九工太守～修，見《廣韻》。（戰國古文字典〔M〕，北京：中華書局，1998：1293、1294）

黃德寬 等　弗　侯馬三〇五，～殺　；～詃

侯馬盟書例一至四～，相當於不，見前。侯馬盟書例五～，讀作鄬，姓氏。參見「鄬」。（古文字譜系疏證〔M〕，北京：商務印書館，2007：3271～3272）

或 一：一（1），而敢～敓改

劉翔　等　或：通「有」。（侯馬盟書〔M〕，商周古文字讀本，北京：語文

出版社，1989，9：208）

曾志雄　盟書「或」字與《說文》「或」字「從口，戈以守其一」（頁 631 上）的結構相同，共二百七十例。但另有十三例作「從口、戈」，應是省去了「一」；又有二例之「口」旁寫作「日」，應是增加短劃之例。此外，有一例寫作（200：18），字表失收，對照於參盟人名「國」字作（98：8），也應該是「國」字，這屬於同音假借。（侯馬盟書研究〔D〕，香港：香港中文大學研究院中文學部博士論文，1993：77～78）

何琳儀　或　侯馬三一六，而敢～敘改

侯馬盟書～，讀爲有。《書・微子》「殷其弗～亂正四方」。《史記・宋微子世家》作「殷有不治政不治四方」（戰國古文字典〔M〕，北京：中華書局，1998：18～19）

湯余惠，賴炳偉，徐在國，吳良寶：或。（戰國文字編〔M〕，福州：福建人民出版社，2001：816～817）

黃德寬 等　或　侯馬三一六，而敢～敘改

侯馬盟書～，讀爲有。《書・微子》「殷其弗～亂正四方」。《史記・宋微子世家》作「殷有不治政不治四方」。《書・洪範》「無有作好」。《呂覽・貴公》引有作～。（古文字譜系疏證〔M〕，北京：商務印書館，2007：40～41）

※⿰鼎戈　一五六：二五（6），～永亟覭之

黃德寬 等　戝　侯馬三一九，～永亟覭之

～，從戈，則（按：則，從刀，從鼎，會以刀刻鼎銘之意。）省聲，賊之省文，《篇海類編》「～，同賊。」侯馬盟書～，讀則，轉折連詞，溫縣盟書～，亦作賊。參見「賊」字。（古文字譜系疏證〔M〕，北京：商務印書館，2007：228）

※⿰豈戈　一七九：一四（2），比～

《侯馬盟書・字表》371 頁：鑿。

黃德寬 等　戭　侯馬三五四，比～

～，從戈，嗀省聲。嗀之異文。侯馬盟書～，人名。（古文字譜系疏證〔M〕，北京：商務印書館，2007：886）

按：《古文字譜系疏證》之說可從。

※䰨　[illegible]七七：三（1），～

《侯馬盟書・字表》342 頁：鬼。

陳漢平　盟書有人名字作[illegible]，字表釋鬼，未確。《古璽彙編》1628：鄭亡畏，畏字作[illegible]，與此字同形，是盟書此字當釋畏。《說文》：「畏，惡也。」（侯馬盟書文字考釋〔M〕，屠龍絕緒，哈爾濱：黑龍江教育出版社，1989，10：355）

按：陳漢平先生之說可從。

直　一、[illegible]二〇〇：一（1），～父。二、[illegible]三：一（4），～直

曾志雄　兟直：依上條所述，兟直應作「比直」，當爲比痜之同姓族人。直字盟書又有三十例作「悳」，陳夢家隸爲「德」字。我們可以把「直、悳、植、徝、德」等字視作古文字形聲化發展關係，其最大特徵除了具有共同聲符之外，其次就是形旁多樣性。（侯馬盟書研究〔D〕，香港：香港中文大學研究院中文學部博士論文，1993：99）

湯余惠，賴炳偉，徐在國，吳良寶：直。（戰國文字編〔M〕，福州：福建人民出版社，2001：824～825）

黃德寬 等　直　侯馬三四七，～父

侯馬盟書「～父」，人名。（古文字譜系疏證〔M〕，北京：商務印書館，2007：151）

亾　[illegible]九二：五（6），～臺非是

何琳儀　亾　侯馬三二五，～臺非是

侯馬盟書～，或作廡，參廡字。（戰國古文字典〔M〕，北京：中華書

局，1998：725～726）

區　一：四六（1），～牛

何琳儀　區　侯馬三二九，～牛

侯馬盟書～，姓氏。歐冶子之後，轉爲～氏。望出渤海。見《萬姓統譜》。（戰國古文字典〔M〕，北京：中華書局，1998：349）

黃德寬 等　區　侯馬三二九，～牛

戰國文字～，多爲姓氏，或作歐。見《萬姓統譜》。（古文字譜系疏證〔M〕，北京：商務印書館，2007：953～954）

※弜　二〇〇：一二（1），～梁

《侯馬盟書・字表》340 頁：剛。

陳漢平　盟書有人名字梁、梁、梁、梁，梁字前一字字表釋剛，未確。按此字在古璽文中多見，爲㢡字省簡體。是盟書此人名當釋爲：「𢐗梁」，讀爲「強梁」。「強梁」一詞在先秦可作爲人名，並無貶意。盟書𢘕字從心作者，爲𢐗字異體。（侯馬盟書文字考釋〔M〕，屠龍絕緒，哈爾濱：黑龍江教育出版社，1989，10：354）

何琳儀　弜　侯馬三二三，～梁

～，從弓，口爲分化符號。弓亦聲。～，溪紐陽部；弓，見紐蒸部。見、溪均屬牙音，蒸陽旁轉。～爲弓之準聲首。～疑爲彊之初文。侯馬盟書～，讀強，姓氏。禺強後，有強氏。見《路史》。「強梁」，亦複姓。鄭藝叔之後，爲強梁氏。見《潛夫論》。（戰國古文字典〔M〕，北京：中華書局，1998：646～647）

湯余惠，賴炳偉，徐在國，吳良寶：強。（戰國文字編〔M〕，福州：福建人民出版社，2001：869）

黃德寬 等　弜　侯馬三二三，～梁

～，從弓，口爲分化符號。弓亦聲。～，溪紐；弓，見紐；見、溪均屬牙音。戰國文字多與口旁下加二爲飾。侯馬盟書「～梁」，讀「強

梁」，複姓。見《潛夫論》。（古文字譜系疏證〔M〕，商務印書館，2007：1799～1811）

※弰　[illegible]一五六：八（1），～

湯余惠，賴炳偉，徐在國，吳良寶：弰。（戰國文字編〔M〕，福州：福建人民出版社，2001：833）

黃德寬 等　弰　侯馬三二二，～

～，從弓，旨聲。戰國文字～，人名。（古文字譜系疏證〔M〕，北京：商務印書館，2007：3165）

※彅　[illegible]一〇五：一（1），**無卹之～子**

《侯馬盟書・字表》368頁：韓。

李學勤　誓辭開首說「某某無恤之彅子」，「彅」是從「倝」聲的字，疑讀爲捍衛之捍。（溫縣盟書曆朔的再考察〔M〕，華學・第3輯，北京：紫禁城出版社，1998，11：167，亦見：夏商周年代學劄記〔M〕，瀋陽：遼寧大學出版社，1999，10：134～139）

何琳儀　彅　侯馬三五一，無卹之～子

～，從弓，倝聲，疑倝之繁文。弓疑疊加音符（倝、弓喉牙通轉）。侯馬盟書～，讀韓，姓氏。參倝字。（戰國古文字典〔M〕，北京：中華書局，1998：968）

湯余惠，賴炳偉，徐在國，吳良寶：彅。（戰國文字編〔M〕，福州：福建人民出版社，2001：834）

黃德寬 等　彅　侯馬三五一，無卹之～子

～，從弓，倝聲。或疑倝之繁文。侯馬盟書～，讀韓，姓氏。參倝字。（古文字譜系疏證〔M〕，北京：商務印書館，2007：2546）

按：何琳儀先生之說可從。

《侯馬盟書文字集釋》卷十三

繹 七七：一八（1），[illegible]綐～之皇君之所

陶正剛，王克林　「繹」字在盟書中寫法不一，有從糸、艸或睪者。《說文系傳》卷二十：「睪，司視也，從横目、從𡴘，令吏將目捕罪人也。臣鍇曰：澤、繹、懌、釋、驛、圛從此，會意。」（侯馬東周盟誓遺址〔J〕，文物，1972，4：31）

朱德熙，裘錫圭　繹，《爾雅・釋詁》訓爲陳。《禮記・射義》：「射之爲言者，繹也，或曰舍也。繹者，各繹己之志也。」正義：「繹，陳也，言陳己之志。」（關於侯馬盟書的幾點補釋〔J〕，文物，1972，8：37）

曾志雄　「繹」字盟書有十六例作「從糸睪聲」，其中五例在「睪」下還有「廾」旁，我們認爲這是古老形式的特徵。有五例的「繹」字把「睪」旁下部寫成「土」，應該屬訛誤的寫法；另有一例寫成「睪」（156：21），二例寫成「從睪從廾」，後者也應屬於古老形式。由於「睪」字在《汗簡》中又釋爲「擇」（《汗簡注釋》頁369），我們認爲這是「睪、擇、繹」的衍生關係。因此，由於盟書「睪、繹」繹同時出現，我們把後者視爲後起形聲字；換言之，「繹」字呈趨新走向。（侯馬盟書研究〔D〕，香港：香港中文大學研究院中文學部博士論文，1993：191）

何琳儀　繹　侯馬三五二，獻繎～之皇君之所

《說文》:「～，抽絲也。從糸，睪聲。」侯馬盟書～，祭名。《爾雅．釋天》「～，又祭也。」(戰國古文字典〔M〕，北京：中華書局，1998：556)

湯余惠，賴炳偉，徐在國，吳良寶：繹。(戰國文字編〔M〕，福州：福建人民出版社，2001：837)

黃德寬 等　繹　侯馬三五二，獻繎～之皇君之所

侯馬盟書～，祭名。《爾雅．釋天》「～，又祭也。」字或作睪、斁、繹等。(古文字譜系疏證〔M〕，北京：商務印書館，2007：1550)

按：何琳儀先生之說可從。

結 𥾽一九四：一（8），司寇～

曾志雄　司寇結：人名。「結」字盟書「從系吉聲」，段玉裁認爲「古無髻字，即用此字。」(《說文解字注》頁 467 上)(侯馬盟書研究〔D〕，香港：香港中文大學研究院中文學部博士論文，1993：185)

黃德寬 等　結　侯馬三三四，司寇～

侯馬盟書～，人名。(古文字譜系疏證〔M〕，北京：商務印書館,2007：3322～3323)

絠 𥾽一六：一九（1），～

何琳儀　絠　侯馬三三四：～

《說文》:「～，彈彄也。從糸，有聲。」侯馬盟書～，人名。(戰國古文字典〔M〕，北京：中華書局，1998：12)

湯余惠，賴炳偉，徐在國，吳良寶：絠。(戰國文字編〔M〕，福州：福建人民出版社，2001：852)

黃德寬 等　絠　侯馬三三四：～

侯馬盟書～，人名。(古文字譜系疏證〔M〕，北京：商務印書館，2007：32)

緰　[illegible]七九：三（1），敢～出入

何琳儀　緰　侯馬三二一，敢～出入

《說文》：「緰貲，布也。從糸，俞聲。」侯馬盟書～，讀踰。見俞字。（戰國古文字典〔M〕，北京：中華書局，1998：375）

湯余惠，賴炳偉，徐在國，吳良寶：緰。（戰國文字編〔M〕，福州：福建人民出版社，2001：853）

黃德寬 等　緰　侯馬三二一，敢～出入

侯馬盟書～，讀踰。見俞字。（古文字譜系疏證〔M〕，北京：商務印書館，2007：1020）

※繞　[illegible]二○○：四九（1），䵢～繹之皇君之所

郭沫若　「約」疑是敬字。（新出侯馬盟書釋文〔M〕，郭沫若全集・考古編・第10卷・考古論集，北京：科學出版社，1972：6）

陶正剛，王克林　「繞」（？）作「[illegible]」、「[illegible]」、「[illegible]」、「[illegible]」，從右邊偏旁看，似應釋爲繞。《管子・立政篇》：「刑餘戮民，不敢服繞。」[illegible]，王國維釋爲苟。那麼此字應爲絇，作破舊衣服講。（侯馬東周盟誓遺址〔J〕，文物，1972，4：31）

朱德熙，裘錫圭　「繞」似可讀爲「裞」。《說文・衣部》「裞」下雲：「贈終者衣被曰裞」。把「薦繞」解釋爲「薦裞」，從訓詁上或盟書文義上看，都講得通。但採取這種解釋，就必須假定皇君新死不久，而且讓巫覡祝史向故君薦衣被，與此次盟誓有什麼關係，也很難得到合理的解釋。因此我們又懷疑「繞」應該讀爲「瑞」。「兌」、「遂」古音相近。「裞」與「襚」意義全同，顯然由一字分化（朱駿聲《說文通訓定聲》以爲「裞」應爲「襚」字重文）。（關於侯馬盟書的幾點補釋〔J〕，文物，1972，8：37）

山西省文物工作委員會　繞——通於「綏」、「挼」、「隋」，音隨（suí），謂進獻黍、稷、肺、脊等祭品。《禮記・曾子問》：「不綏祭。」《儀禮・

特性饋食禮》:「祝命挼祭。」注:「挼祭，祭神食也。」《周禮・守祧》:「既祭，藏其隋。」注:「隋尸所祭肺、脊、黍、稷之屬。」(「侯馬盟書」注釋四種〔J〕，文物，1975，5：20，亦見：張頷，陶正剛，張守中，侯馬盟書〔M〕，太原：山西古籍出版社，2006 年增訂本：39，亦見：山西省文物工作委員會，侯馬盟書〔M〕，北京：文物出版社，1976 第一版)

曾志雄　我們可以說，古籍中的「幣」是個通稱義，而這裏的「綐」是個專用義，這是清楚不過的。這裏的「敱綐」很明顯相當於「祝用幣」的具體說法，而且在出土「卜筮類」的十七坑也眞的有絲織物的遺跡附於出土的玉環上，因此毋庸把「綐」字假借爲其他的語詞。

「敱」字盟書一律「從攴鹰磬」，沒有字形上的變化，「綐」字應是「從糸兑磬」，其「兑」旁的「兄」字形和「祝」字的「兄」基本一致，屬新興特徵。一例的「綐」字寫成「從糸兄聲」(156：21)，應是簡省所致。(侯馬盟書研究〔D〕，香港：香港中文大學研究院中文學部博士論文，1993：190)

何琳儀　綐　侯馬三四一，敱～繹之皇君之所

～，從糸，兑聲。《廣雅・釋器》「～，紬也。」兑旁或僞作。侯馬盟書「～繹」，猶「紬繹」。(～與紬均屬定紐，意亦近。)《漢書・谷永傳》「燕見紬繹，以求咎愆。」注「師古曰，紬讀曰抽。紬繹者，引其端緒也。」韋昭曰，繹，陳也。(戰國古文字典〔M〕，北京：北京：中華書局，1998：1033～1034)

湯余惠，賴炳偉，徐在國，吳良寶：綐。(戰國文字編〔M〕，福州：福建人民出版社，2001：858)

黃德寬 等　綐　侯馬三四一，敱～繹之皇君之所

～，從糸，兑聲。《廣雅・釋器》「～，紬也。」兑旁或僞作、、。侯馬盟書「～繹」，猶「紬繹」。《漢書・谷永傳》「燕見紬繹，以求咎愆」，顏師古注:「紬讀曰抽。紬繹者，引其端緒也。」(古文字譜系疏證〔M〕，北京：商務印書館，2007：2722)

※縪 七七：一八（1），䲾綐～之皇君之所

山西省文物工作委員會 縪之皇君之所＝——「縪」即「繹」字，音驛（yì），爲再祭的專名。《爾雅・釋天》：「繹，又祭也。」（張頷，陶正剛，張守中，侯馬盟書〔M〕，太原：山西古籍出版社，2006年增訂本：39，亦見：山西省文物工作委員會，侯馬盟書〔M〕，北京：文物出版社，1976第一版）

黃德寬 等 縪 侯馬三五二，䲾綐～之皇君之所

～，從糸，睪聲。疑繹之繁文。見繹字。侯馬盟書～，讀繹。參繹字。（古文字譜系疏證〔M〕，北京：商務印書館，2007：1547）

※蟲 一六：二（1），～

李裕民 《侯馬盟書》宗盟類二之二○○：六六。

《侯馬盟書・字表》釋蟲。按：即蛙之繁文，古代蟲、䖵通作，如蝘蠠、強彊、蚔蝱、蛾蟸通作。《魚鼎匕》蚩作蟲，《邾公釛鍾》螭作䖝，《說文》蝨字漢印作虱（《漢印文字徵》十三・八）。《說文》：「蛙，蠆也。從蟲，圭聲。」此係參盟人名。（《侯馬盟書疑難字考〔C〕，古文字研究・第五輯，北京：中華書局，1981，1：296）

湯余惠，賴炳偉，徐在國，吳良寶：蛙。（戰國文字編〔M〕，福州：福建人民出版社，2001：869）

按：應從《侯馬盟書・字表》之嚴格隸定。

※蠤 九二：二○（1），～

李裕民 《侯馬盟書》宗盟類四之九二：二○。

《侯馬盟書・字表》釋蠤。按：即蠆字。古蟲、䖵通作，詳見舉蛙條。《說文》：「蠆，毒蟲也。象形。，蠆或從䖵。」這裏說蠆是毒蟲的象形不太確切。萬，金文作，系蠆（即蠍）的象形，其後萬假作千萬之萬，便加形符蟲，變爲蠤代替萬字，加䖵者又爲形聲字蠆的繁體。盟書此字爲參盟人名。（侯馬盟書疑難字考〔C〕，古文字研究・第五

輯，北京：北京：中華書局，1981，1：297）

湯余惠，賴炳偉，徐在國，吳良寶：蠆。（戰國文字編〔M〕，福州：福建人民出版社，2001：869）

按：應從《侯馬盟書・字表》之嚴格隸定。

※蚩　八五：三五（1），～

《侯馬盟書・字表・存疑字》374 頁：八五：三五。

李裕民　《侯馬盟書》其他類八五：三五。

字下部為䖵，與盟書蠚、蠆的䖵旁相同；上部為此，此的左、右兩部分互換了位置。隸定為蚩。蚩應是神鬼之號。（侯馬盟書疑難字考〔C〕，古文字研究・第五輯，北京：中華書局，1981，1：300）

按：李裕民先生之說可從。

※⿱舍䖵　一五六：二六（4），～

陳漢平　盟書有人名字作，似以釋蜍為佳。蜍字同蜍，似為蜍字之後起形聲字。（侯馬盟書文字考釋〔M〕，屠龍絕緒，哈爾濱：黑龍江教育出版社，1989，10：350）

湯余惠，賴炳偉，徐在國，吳良寶：⿱舍䖵。（戰國文字編〔M〕，福州：福建人民出版社，2001：873）

黃德寬 等　⿱舍䖵　侯馬三一一，閔～

～，從䖵，舍聲。疑蜍之繁文，蝑之異文。《集韻》「蝑，蟹醢。或從舍。」晉器～，人名。（古文字譜系疏證〔M〕，北京：商務印書館，2007：1493～1494）

按：《古文字譜系疏證》之說可從。

蠱　一〇五：一（4），□詛～□

山西省文物工作委員會　蠱——盟書中用為詛咒別人，欲其蒙受疾病、災害。（張頷，陶正剛，張守中，侯馬盟書〔M〕，太原：山西古籍出版

社，2006年增訂本：43，亦見：山西省文物工作委員會，侯馬盟書〔M〕，北京：文物出版社，1976第一版）

何琳儀　蠱　侯馬三五三，～

～，從蟲或從蚰，從皿，會聚蟲於皿中生成～毒之意。戰國文字從蟲，與小篆同形。侯馬盟書～，人名。（戰國古文字典〔M〕，北京：中華書局，1998：480）

黃德寬 等　蠱　侯馬三五三，～

侯馬盟書～，人名。（古文字譜系疏證〔M〕，北京：商務印書館，2007：1344）

按：盟書中～，只出現一次，爲殘辭，意不明。

二　=一：四（2），不守～宮者

張頷　「上宮」當即指當時所祭的宗廟而言。（侯馬東周遺址發現晉國朱書文字〔J〕，文物，1966，2：2）

郭沫若　盟書中有「上宮」之名，或許就是文獻中的所謂「下宮」。《史記·趙世家》「屠岸賈擅與諸將攻趙氏於下宮，殺趙朔、趙同、趙括、趙嬰齊，皆滅其族。」古文上下兩字極易互訛。（侯馬盟書試探〔J〕，文物，1966，2：5）

陳夢家　春秋晚期的蔡侯盤銘，上下二字與今隸相近，載書「二」字不能是「上」字。二宮或指晉武、文之宮廟。（東周盟誓與出土載書〔J〕，考古，1966，2：275）

郭沫若　「二宮」前釋「上宮」，不確；當是晉公之宮與趙侯之宮。（新出侯馬盟書釋文〔M〕，郭沫若全集·考古編·第10卷·考古論集，北京：科學出版社，1972：160）

唐蘭　二宮是武宮和文宮，是晉文公和晉武公的宗廟，是晉國的主要宗廟。（侯馬出土晉國趙嘉之盟載書新釋〔J〕，文物，1972，8：32）

山西省文物工作委員會　不守二宮——二宮，當指宗廟中的親廟與祖廟。

（張頷，陶正剛，張守中，侯馬盟書〔M〕，太原：山西古籍出版社，2006 年增訂本：35，亦見：山西省文物工作委員會，侯馬盟書〔M〕，北京：文物出版社，1976 第一版）

李裕民　「二宮」，指宗廟與祖廟，也可能指晉國的上宮與下宮。（我國古代盟誓制度的歷史見證——侯馬盟書〔J〕文史知識，1986：56）

劉翔　等　二宮：指宗廟裏的親廟（禰）和祖廟（祧）。（侯馬盟書〔M〕，商周古文字讀本，北京：語文出版社，1989，9：208）

高智　二宮在這裏包含兩個內容，當是中宮與內宮之合稱。其一爲宗祖之廟，即爲中宮；其二是公卿士大夫之宮，即爲內宮。

「守二宮」表示某人尊敬先祖，服從現主，誓死捍衛國家政權的決心。（侯馬盟書主要問題辨述〔J〕，文物季刊，1992，1：35）

曾志雄　不守二宮：二宮，根據上文內容，應即「二宮之命」的省稱。（侯馬盟書研究〔D〕，香港：香港中文大學研究院中文學部博士論文，1993：86）

何琳儀　二　侯馬二九八，不守～宮者

戰國文字～，數目字。（戰國古文字典〔M〕，北京：中華書局，1998：1254）

黃德寬 等　二　侯馬二九八，不守～宮者

戰國文字～，數詞。（古文字譜系疏證〔M〕，北京：商務印書館，2007：3064～3065）

按：「～宮」，當指定公、平畤二宮。

亟　亟一：一（2），明～覞之

陳夢家　亟或從示（1 號），沁陽載書從辵，皆假爲殛，《尚書・多方》曰「我乃其大罰殛之」，釋文云「本又作極」，《爾雅・釋言》曰「殛，誅也」。（東周盟誓與出土載書〔J〕，考古，1966，2：275）

郭沫若　「亟」假爲殛。（新出侯馬盟書釋文〔M〕，郭沫若全集・考古編・

第10卷・考古論集，北京：科學出版社，1972：6）

陶正剛，王克林　「殛」，《左傳》杜注：「誅也」。（侯馬東周盟誓遺址〔J〕，文物，1972，4：31）

黃德寬　同一形聲結構形符分歧突出。古漢字形聲結構往往存在多種異體分歧，而這又主要表現爲形符的分歧，聲符則是一個相對穩定的因素。《侯馬盟書》爲同一時代、同一地域的文字材料，異形分歧卻極爲突出，很有典型性。如「亟」從攴，亟聲，聲符不變，形符則有從攴、卜、口、心、止、彳、示等分別，加上它們的組合變化，異形達十一種之多。若加上因羨畫、改變聲符、書寫省簡等造成的差異，異體分歧就更爲嚴重了。（論形符〔J〕，淮北煤師院學報・社會科學版，1986，1：118）

劉翔　等　亟：通「極」，極度。此處意爲嚴厲。（侯馬盟書〔M〕，商周古文字讀本，北京：語文出版社，1989，9：209）

湯余惠　亟，盟書或作悈，《廣雅・釋詁一》：「亟，敬也。」王念孫《疏證》：「苟、亟、悈並同義。」警惕的意思，各家皆讀爲殛，訓爲誅，殊誤。（侯馬盟書〔M〕，戰國銘文選，長春：吉林人民出版社，1993，9：198）

曾志雄　「亟」字《說文・二部》析爲「從人、口、又、二」（頁681上），黃德寬不同意這樣分析，並據《史牆盤》及《毛公鼎》「亟」字結構定「亟」字爲「從攴亟聲」（《論形符》頁118），視「亟」爲形聲字，我們認爲此說可信。（侯馬盟書研究〔D〕，香港：香港中文大學研究院中文學部博士論文，1993：110）

何琳儀　亟　侯馬三二〇，明～覞之

盟書「亟覞」，讀「極視」，竭盡視力。《神僊傳》「封衡愛嗇精氣，大言極視。」（戰國古文字典〔M〕，北京：中華書局，1998：32）

湯余惠，賴炳偉，徐在國，吳良寶：亟。（戰國文字編〔M〕，福州：福建人民出版社，2001：876）

黃德寬 等　亟　侯馬三二〇，明～覭之

盟書「～覭」，讀「極視」，竭盡視力。《神仙傳》「封衡愛嗇精氣，大言極視。」

亟，會人極盡天地之意，極之初文。亟、愋均有極義。愋爲愋之增繁字。又逊爲殛之增繁字，亟爲殛之異體。（古文字譜系疏證〔M〕，北京：商務印書館，2007：72～73、74）

董珊　侯馬盟書的常見語「丕顯晉公大塚明亟覭之」、「永亟覭之」，在溫縣盟書作「謫亟覭汝」、「永亟覭汝」。其中「亟」字的偏旁或有增減，但都應該讀爲「殛」，訓爲「罰」。（侯馬、溫縣盟書中「明殛視之」的句法分析〔C〕，古文字研究·第二十七輯，北京：中華書局，2008：356）

按：陳夢家先生之說可從。

竺　竺一：七（1），～

湯余惠，賴炳偉，徐在國，吳良寶：竺。（戰國文字編〔M〕，福州：福建人民出版社，2001：877）

黃德寬 等　竺　侯馬三一七，～

～，從竹，從二，二爲分化符號。侯馬盟書～，姓氏。（古文字譜系疏證〔M〕，北京：商務印書館，2007：527）

墬　[illegible]一：一（2），晉邦之～

張頷　「晉邦之[illegible]者」，「[illegible]」字右上方有殘落處，可能是「陵」字，可作爲陵衍講，即晉國高敞的祭祀所在。（侯馬東周遺址發現晉國朱書文字〔J〕，文物，1966，2：2）

陳夢家　地字摹寫不全，據實物與《玉珌銘》（《三代》20·49·1）天地之地同形，與《說文》地之籀文作墬者亦相近，故可確定爲地字。（東周盟誓與出土載書〔J〕，考古，1966，2：275）

郭沫若　「墬」是地字。（新出侯馬盟書釋文〔M〕，郭沫若全集·考古編·

第10卷·考古論集，北京：科學出版社，1972：6）

陶正剛，王克林　「地」字在盟書中作[illegible]，和《玉珌銘》之[illegible]（《三代吉金文存》20·49·1）及《說文》地之籀文作墬者同。（侯馬東周盟誓遺址〔J〕，文物，1972，4：31）

劉翔　等　墬，同「地」，《說文·十三下》「地」字籀文與此同。（侯馬盟書〔M〕，商周古文字讀本，北京：語文出版社，1989，9：208）

曾志雄　地：盟書地字作「墜」，與《說文》「地」字籀文同，小徐本認爲籀文從土、阜，彖聲。（侯馬盟書研究〔D〕，香港：香港中文大學研究院中文學部博士論文， 1993：105）

湯余惠，賴炳偉，徐在國，吳良寶：墜。（戰國文字編〔M〕，福州：福建人民出版社，2001：878）

黃德寬 等　墜　侯馬三〇七，晉邦之～

墜，從土，隊聲，或加又旁繁化，疑古墜字。參見「墜」。盟書～，讀作地。墜與地定紐雙聲，脂歌旁轉。（古文字譜系疏證〔M〕，北京：商務印書館，2007：2998）

（※隊）　[illegible]三六：二（6）、[illegible]一六：一一（6），晉邦之～

黃德寬 等　隊　侯馬三〇七，晉邦之～

～，從阜、從豕，豕亦聲。隊之異文。參見「隊」。侯馬盟書～，讀作地。隊與地定紐雙聲，脂歌旁轉。（古文字譜系疏證〔M〕，北京：商務印書館，2007：2998）

按：從盟書中辭例「晉邦之～」來看，隊，疑爲墜之省。

※圾　[illegible]九二：四四（3），～

何琳儀　圾　侯馬九二，～庶子

～，從土，及聲。《集韻》「岌，危也。《莊子》殆哉岌岌乎。或從山，或作～。」侯馬盟書～，讀及，連詞。（戰國古文字典〔M〕，北京：中華書局，1998：1373）

黃德寬 等　圾　侯馬九二，～庶子

～，從土，及聲。《集韻》「岌，危也。《莊子》殆哉岌岌乎。或從山，或作～。」侯馬盟書～，讀及，連詞。（古文字譜系疏證〔M〕，商務印書館，2007：3835）

按：[illegible]，《侯馬盟書・字表》將其下部「土」字併入其下字「庶」字頭上，非是，故沒有收錄圾字。《戰國古文字典》1373 頁對此予以了糾正。但《戰國古文字典》對圾字編號發生了錯誤，圾應在《侯馬盟書》圖版九二：四四，非九二。《古文字譜系疏證》亦應改正。

※[illegible]　[illegible]七五：八（2）、[illegible]三：二一（2）、[illegible]一五六：二四（2），比～

《侯馬盟書・字表》343 頁：弫。

曾志雄　弫：人名。（侯馬盟書研究〔D〕，香港：香港中文大學研究院中文學部博士論文，1993：172）

湯余惠，賴炳偉，徐在國，吳良寶：弫。（戰國文字編〔M〕，福州：福建人民出版社，2001：833）

黃德寬 等　[illegible]　侯馬三二六，甝～

～，從土，弫聲。土與亖借用二。或加止旁繁化。疑～爲疆之異文。見疆字。或釋弫，加豎筆爲飾。侯馬盟書～，或作[illegible]、[illegible]，人名。（古文字譜系疏證〔M〕，商務印書館，2007：1801）

姜允玉　《字表》（同上，323 頁）「剛」字條下收「[illegible]、弫、[illegible]」三個字形，第一字形見於人名「仁柳[illegible]」，第二字形見於人名「剛」及「剛梁」，第三字形也見於人名「剛梁」。我們認爲「弫」字應釋爲「侃」，「弫」、「[illegible]」、「[illegible]」三個字形是一字的變體。從古籍中只有「疆（強）梁」而沒有「剛梁」看，「[illegible]」、「[illegible]」二字合爲一條，同釋爲「強」。此外，「[illegible]」字也應該獨立分析作爲「侃」字一條。（《侯馬盟書・字表》補正〔C〕，古文字研究・第二十七輯，北京：北京：中華書局，2008：366）

按：《古文字譜系疏證》之說可從。

※坓　三：二五（3），～

《侯馬盟書・字表》338 頁：城。

吳振武　「宗盟類」156：20 等號有參盟人。字又作，《字表》釋爲「城」或「陻」（321 頁），知其將井視爲「成」旁。按此字釋「城」（或「陻」）不確，應當釋爲「坓」（或「阱」）。（讀侯馬盟書文字劄記〔M〕，中國語文研究（香港）・第 6 期，1984，5：16）

陳漢平　盟書有人名字作、，字表釋城，未確。《六書統》：「坓，古文型字。」《說文》：「，鑄器之法也。從土，刑聲。」「刑，罰罪也。從井，從刀。」故知坓爲型字古文。戰國文字型字作（中山王鼎）、（楚帛書）、（信陽楚簡），字形均作從刀，坓聲，亦可爲證。《正韻》：「凡鑄式，以土曰型，木曰模，金曰笵。」（侯馬盟書文字考釋〔M〕，屠龍絕緒，哈爾濱：黑龍江教育出版社，1989，10：351～352）

曾志雄　盟書的「型」字作「阱」的十六例，作「坓」的八例；前者顯屬增形旁之後起字，因此「型」字呈趨新走向。（侯馬盟書研究〔D〕，香港：香港中文大學研究院中文學部博士論文，1993：183～184）

按：吳振武先生之說可從。

※垚　一六：三（6），**麻～非是**

陳夢家　夷從土，春秋末蔡侯盤亦如此。

《廣雅・釋詁》曰「夷，滅也」。（東周盟誓與出土載書〔J〕，考古，1966，2：275）

劉翔　等　垚：從土，夷聲，通「夷」，滅。《荀子・君子》：「故一人有罪而三族皆夷。」楊倞注：「夷，滅也。」（侯馬盟書〔M〕，商周古文字讀本，北京：語文出版社，1989，9：209）

曾志雄　「垚」字的寫法超過二百五十例，屬大多數；有五例在「垚」字基礎上加「歺」旁，一例加「彳」旁，成爲新的形聲字（二形一聲）；二例作「夷」，應是形聲衍化前的初文。（侯馬盟書研究〔D〕，香港：香港中文大學研究院中文學部博士論文，1993：113）

何琳儀　⿱夷土　侯馬三二一，麻～非是

～，從土，夷聲。疑夷之繁文。盟書～，見夷字。（戰國古文字典〔M〕，北京：中華書局，1998：1239）

黃德寬 等　⿱夷土　侯馬三二一，麻～非是

～，從土，夷聲，夷之繁文，疑訓平易之夷的本字。《老子》第五十三章「大道甚夷，而民好徑。」夷謂平坦，故本從土，夷聲，《說文》「徲，行平易也。」侯馬盟書作⿰彳⿱夷土，均其佳證。侯馬盟書～，讀作夷。參見「夷」。（古文字譜系疏證〔M〕，北京：商務印書館，2007：3042～3043）

※⿰土志　一：五七（3），定公平～之命

黃德寬 等　⿰土志　侯馬三二二，定公平～之命

～，從土，志聲。侯馬盟書「平～」，讀「平時」。（古文字譜系疏證〔M〕，北京：商務印書館，2007：102）

※助　一：一（1），～

陳夢家　《說文》勳古文作勳，摹本左半不清。（東周盟誓與出土載書〔J〕，考古，1966，2：275）

郭沫若　助字或作⿰田力，從田，見《侯馬出土盟書摹本》第十片（一九六六年侯馬工作站曬藍本，出土於同年二月二十七日，坑號爲 66，H14，M200，共出土七十二片，此其一。僅此一片從田作。），正表示鋤田之意。（新出侯馬盟書釋文〔M〕，郭沫若全集・考古編・第 10 卷・考古論集，北京：科學出版社，1972：7）

唐蘭　助與奐，大概是兩個人名，是守二宮的，所以說甹改助與奐，使他們不守二宮。（侯馬出土晉國趙嘉之盟載書新釋〔J〕，文物，1972，8：32）

劉翔　等　助：從力，且聲，通「亶」（dǎn），誠信。《詩經・小雅・常棣》：「是究是圖，亶其然乎。」毛傳：「亶，信也。」（侯馬盟書〔M〕，商周古文字讀本，北京：語文出版社，1989，9：208）

陳漢平　盟書有字作[古文字形]、[古文字形]、[古文字形]、[古文字形]、[古文字形]、[古文字形]、[古文字形]、[古文字形]、[古文字形]、[古文字形]、[古文字形]、[古文字形]、[古文字形]、[古文字形]、[古文字形]、[古文字形]、[古文字形]、[古文字形]、[古文字形]，其文例爲「而敢或𢿟（變）改（犯）～及奐卑不守二宫者」。此字字表釋𠢕，未確。（侯馬盟書文字考釋〔M〕，屠龍絕緒，哈爾濱：黑龍江教育出版社，1989，10：348～349）

湯余惠　𠢕及奐，盟書又作「𠢕奐」（1：69），疑讀爲判渙，《詩經・周頌・訪落》：「將予就之，繼猶判渙。」毛傳：「判，分；渙，散。」判渙殆如今言所謂「搞分裂」，「鬧不團結」。（侯馬盟書〔M〕，戰國銘文選，長春：吉林人民出版社，1993，9：197）

曾志雄　𠢕字在盟書中基本從旦從力，《侯馬盟書》認爲旦旁爲聲符，那麼就是個形聲字。有極少的𠢕字在「力」旁下加「口」或「=」，我們在上面已經說過，並指出它們都是裝飾符號。除此之外，𠢕字也有作[古文字形]、[古文字形]、[古文字形]、[古文字形]等形，各出現一次。這些字形的特色，是在𠢕字的基本結構上增加了「夷（矢）」或「橐」這些偏旁。何琳儀《戰國文字通論》認爲這是聲旁，並把這種加在形聲字上的聲符稱爲「形聲標音」。（侯馬盟書研究〔D〕，香港：香港中文大學研究院中文學部博士論文，1993：83～84）

高明　𠢕字從力旦聲，通作亶，《漢書・賈誼傳》：「非亶倒懸而已」，顏師古注：「亶讀曰但」。《揚雄・羽獵賦》：「亶觀夫剽禽之紲隃」，李善注引「韋昭曰：亶音但。」《爾雅・釋詁》：「亶，信也」，「誠也。」（載書〔M〕，中國古文字學通論，北京：北京大學出版社，1996，6：426）

湯余惠，賴炳偉，徐在國，吳良寶：𠢕。（戰國文字編〔M〕，福州：福建人民出版社，2001：903）

黃德寬 等　𠢕　而敢或𢻻改～及奐

～，從力，旦聲。疑勯之省文。《集韻》「勯，力竭也。」侯馬盟書～，人名。（古文字譜系疏證〔M〕，北京：商務印書館，2007：2687）

按：唐蘭先生之說可從。

※勴 [illegible]八五：一○（2），而敢或𢻹改～及奐

湯余惠，賴炳偉，徐在國，吳良寶：勴。（戰國文字編〔M〕，福州：福建人民出版社，2001：905）

黃德寬 等　勴　侯馬三一○，而敢或𢻹改～及奐

～，從𡌚（或從坴），助聲（或旦聲）。侯馬盟書～，或作助。參助字。（古文字譜系疏證〔M〕，北京：商務印書館，2007：2687）

按：～，從力，從𡌚（或從坴），旦聲。～在盟書中的用法，《古文字譜系疏證》之說可從。

※勪 [illegible]三：二八（2），～

湯余惠，賴炳偉，徐在國，吳良寶：勪。（戰國文字編〔M〕，福州：福建人民出版社，2001：905）

黃德寬 等　勪　侯馬三三四，～

～，從力，喬聲。蹻之異文。《集韻》「蹻，舉足行高也。或從力。」侯馬盟書～，人名。（古文字譜系疏證〔M〕，北京：商務印書館，2007：796）

《侯馬盟書文字集釋》卷十四

鑄（㷔）　一六：五（1），～

何琳儀　[illegible]　侯馬三五三，～

～，從火，從皿，會雙手持鬲在火上加熱注入皿中之意，注之初文，注、鑄音近《史記·魏世家》「敗秦於注」，正義「注或作鑄。」故古文字㷔（注）可讀鑄。（戰國古文字典〔M〕，北京：中華書局，1998：204～205）

黃德寬 等　[illegible]　侯馬三五三，～

～，從火，從皿，會雙手持鬲在火上加熱注入皿中之意，注之初文，注、鑄音近《史記·魏世家》「敗秦於注」，正義「注或作鑄。」故古文字㷔（注）可讀鑄。……《說文》「注，灌也。從水，主聲。」（古文字譜系疏證〔M〕，北京：商務印書館，2007：576）

按：此應嚴格隸定爲㷔，應從《侯馬盟書·字表》釋爲鑄，非注。關於「鑄」字，李孝定《甲骨文字集釋》：「上從兩手持到（倒）皿，（或從鬲，乃形訛。）到皿者，中貯銷金之液，兩手持而傾之範中也。下從皿，則範也。中從火，象所銷之金。」李孝定先生之說可從。盟書中～，爲宗盟類參盟人名。

鑿 [glyph]一五六：二二（2），比～

曾志雄　鑿：人名。

盟書的鑿字除了從「斵」從「金」之外，也有寫成[glyph]的（156：19）。我們認爲156：19片的寫法就是「斵」形的變異，它用四點木屑代替了「辛」形的本體。不過，侯馬盟書的鑿字除了這兩體之外，還有一個多見而作「[glyph]（鏼）」形（見圖七第二行）的鑿字，由於這個字有「金」旁，我們認爲它由「鑿」形簡省「殳」而來。因此，若在上面的演變過程中加上「鏼」形一項，就成爲盟書文字體系中「鑿」字的發展過程：

1. 斁（[glyph]）——2，斵——3，鑿——4，鏼（[glyph]）

這個過程比以上的都詳細完整，足以反映出侯馬盟書文字資料的整體性和獨特性，這是其他古文材料所不能比擬的。（侯馬盟書研究〔D〕，香港：香港中文大學研究院中文學部博士論文，1993：164、165）

曾志雄　鑿：原字作[glyph]（200：28），見於頁 369，該字形與「委質類」盟書被打擊對象兟（比）鑿之「鑿」字作[glyph]（156：19）、[glyph]（156：25）等形相似，殘字與156：19片之鑿字當爲156：25片鑿字之省，應隸定爲「鑿」字。（侯馬盟書中的人名問題〔C〕，容庚先生百年誕辰紀念文集，廣州：廣東人民出版社，1998，4：　509、511）

何琳儀　鑿　侯馬三五四，兟～

～，從金，斵聲。（戰國古文字典〔M〕，北京：中華書局，1998：320）

湯余惠，賴炳偉，徐在國，吳良寶：鑿。（戰國文字編〔M〕，福州：福建人民出版社，2001：911）

黃德寬 等　鑿　侯馬三五四，比～

～，從金，斵聲。侯馬盟書～，人名。（古文字譜系疏證〔M〕，北京：商務印書館，2007：885～886）

※鏼　[glyph]三：二○（2），比～

湯余惠，賴炳偉，徐在國，吳良寶：鑿。（戰國文字編〔M〕，福州：福建

人民出版社，2001：911）

黃德寬 等　鑴　侯馬三五四，比～

～，從金，㲉省聲。鑿之省文。侯馬盟書～，人名。（古文字譜系疏證〔M〕，北京：商務印書館，2007：886）

※𨭖　[illegible]三：二（1），～

《侯馬盟書・字表・存疑字》374 頁：[illegible]三：二。

吳振武　「宗盟類」3：2 有參盟人[illegible]。[illegible]字《字表》不識，入「存疑字」欄（357 頁）。

我們認爲此字可以釋爲「鈔」。「鈔」字見於《說文・金部》。（讀侯馬盟書文字劄記〔M〕，中國語文研究（香港）・第 6 期，1984：16～17）

陳漢平　盟書有人名字作[illegible]，字表未釋。按此字從金，尿聲，當隸定作𨭖。《說文》：「尿，人小便也。從尾，從水。奴弔切。」古文字聲旁從尿，從沙，從妥，從委可以通用，故欲釋𨭖字，當自鈔、鋖、銹三字中求之。（侯馬盟書文字考釋〔M〕，屠龍絕緒，哈爾濱：黑龍江教育出版社，1989，10：355）

湯余惠，賴炳偉，徐在國，吳良寶：𨭖。（戰國文字編〔M〕，福州：福建人民出版社，2001：920）

黃德寬 等　𨭖　侯馬三五七，～

～，從金，㞙聲。或疑鈔之異文。《廣韻》「鈔，鈔鑼，銅器。」侯馬盟書～，人名。（古文字譜系疏證〔M〕，北京：商務印書館，2007：2341）

按：《古文字譜系疏證》之說可從。

處　[illegible]一：八七（1），臣～

《侯馬盟書・字表・存疑字》373 頁：[illegible]一：八七。

李裕民　[illegible]《侯馬盟書》宗盟類二之一：八七。

字當釋處，《魚鼎匕》作[illegible]、《石鼓文》作[illegible]、《盗壺》作[illegible]（《文物》

一九七九年一期十二頁圖十四），與此字基本相同。（侯馬盟書疑難字考〔C〕，古文字研究·第五輯，北京：中華書局，1981，1：291）

何琳儀　處　侯馬三五六～，臣～

侯馬盟書～，姓氏。伯夷之後有～氏。見《路史》。（戰國古文字典〔M〕，北京：中華書局，1998：454）

黃德寬 等　處　侯馬三五六～，臣～

侯馬盟書～，姓氏。見《路史》。（古文字譜系疏證〔M〕，北京：商務印書館，2007：1270～1271）

按：李裕民先生之說可從。

釿　[illegible]八五：一三（1），一～

湯余惠，賴炳偉，徐在國，吳良寶：釿。（戰國文字編〔M〕，福州：福建人民出版社，2001：926）

黃德寬 等　釿　侯馬三三四，一～

～，從金，斤聲。侯馬盟書～，人名。（古文字譜系疏證〔M〕，北京：商務印書館，2007：3638～3639）

所　[illegible]三：二〇（7），自誓於君～，～敢

陶正剛，王克林　所，《經傳釋詞》：「住也」，「處也」。（侯馬東周盟誓遺址〔J〕，文物，1972，4：30）

朱德熙，裘錫圭　盟書 1 號及 2 號（號數依摹本原次），「自質於君所」的「所」字下都有重文符號。以 1 號爲例，應讀爲「侌章自質於君所，所敢俞出入於趙[illegible]之所，……」。第二個「所」字的這種用法，在古代誓辭裏是常見的，例如：

《左傳·僖公 24 年》：「公子曰：『所不與舅氏同心者，有如白水。』」

《左傳·宣公 17 年》：「獻子怒，出而誓曰：『所不此報，無能涉河。」

《論語·雍也》：「夫子矢之曰：『予所否者，天厭之，天厭之。』」

《經傳釋詞》以爲這類「所」字「猶若也，或也」。盟書下文「而敢不

巫覡祝史⿰鳥攴綐繹之皇君之所」句，4 號（即《文物》1972 年 3 期圖版伍之盟書三）、6 號作「所敢不……」，8 號作「而所敢不……」，「所」字用法也與此相同。（關於侯馬盟書的幾點補釋〔J〕，文物，1972，8：36）

山西省文物工作委員會　自質於君所＝——「所」字下邊的兩點爲重文符號，下一「所」字讀屬下句。（「侯馬盟書」注釋四種〔J〕，文物，1975，5：20，亦見：侯馬盟書〔M〕，山西省文物工作委員會，太原：山西古籍出版社，2006，4：35）

曾志雄　「所」字照《說文》的分析，爲「從斤戶聲」，屬形聲字；其「斤」旁有四十例作「〃」而不作「斤」，屬大多數。這個「斤」旁省略後以「〃」代之而不用戰國常見的「=」，我們估計有兩個原因：第一，盟書的「斤」作，和「〃」形似，「斤」旁省作「〃」是很自然的寫法；第二，「〃」是個較早出現的省略符號，寫成此形的目的大概避免和當時的重文符號或合文符號「=」混同，以減輕「=」這個符號的負荷。由於「〃」與「貭」字的左旁寫法相同，這應該是「貭」字後來誤寫爲從「所」的「質」字的原因。（侯馬盟書研究〔D〕，香港：香港中文大學研究院中文學部博士論文，1993：155～156）

何琳儀　所　侯馬三一六，自誓於君～

侯馬盟書～，處～。《廣雅・釋詁》二「～，尻也。」《集韻》「～，一曰，處也。」（戰國古文字典〔M〕，北京：中華書局，1998：469～470）

湯余惠，賴炳偉，徐在國，吳良寶：所。（戰國文字編〔M〕，福州：福建人民出版社，2001：926～927）

黃德寬 等　所　侯馬三一六，自誓於君～

侯馬盟書～，處～。（古文字譜系疏證〔M〕，北京：商務印書館，2007：1318～1319）

新　三：一九（3），～君弟子孫

郭沫若　「新君弟」當指趙北或趙朔的兄弟行，亦即趙敬侯的兄弟行，從趙北或趙朔一同作亂者。這些又爲我的看法新添了證據。（新出侯馬盟書釋文〔M〕，郭沫若全集・考古編・第10卷・考古論集，北京：科學出版社，1972：153）

戚桂宴　「新君弟子孫」就是「欧」和「隥」的子孫。不作如此的理解，便無法解釋「新君弟子孫」何以會在同一簡文中凡兩見。

已定位而尚未即位改元的國君稱「新君」，這在史載中是不乏其例的。（侯馬石簡史探〔J〕，山西大學學報（社科版），1982，1：76、77）

曾志雄　在同樣條件之下，若有《商君書》「親昆弟」詞例，又有盟書「兄弟」一詞與之相對，我們寧願取「親昆弟」之說而不取「親群弟」了。（侯馬盟書研究〔D〕，香港：香港中文大學研究院中文學部博士論文，1993：176）

何琳儀　新　侯馬三四二，～君弟子孫

《說文》「～，取木也。從斤，親聲。」侯馬盟書「～君弟」，讀「親群弟」。（戰國古文字典〔M〕，北京：中華書局，1998：1160～1162）

黃德寬 等　新　侯馬三四二，～君弟子孫

《說文》「～，取木也。從斤，親聲。」侯馬盟書「～君弟」，讀「親群弟」。《國語・晉語》二「夫固國者，在親眾而善鄰。」韋昭注「親眾，愛士民也。」（古文字譜系疏證〔M〕，北京：商務印書館，2007：3573～3577）

按：何琳儀先生讀「～君弟」爲「親群弟」，較他說爲勝。

料（斗）　[illegible]一：一（1），～其腹心

湯余惠，賴炳偉，徐在國，吳良寶：料。（戰國文字編〔M〕，福州：福建人民出版社，2001：929～930）

輔　[illegible]八八：一（1），～瘖

湯余惠，賴炳偉，徐在國，吳良寶：輔。（戰國文字編〔M〕，福州：福建

人民出版社，2001：935）

※軥　軥二〇三：七（1），～

湯余惠，賴炳偉，徐在國，吳良寶：軥。（戰國文字編〔M〕，福州：福建人民出版社，2001：936）

黃德寬 等　軥　侯馬三三一，～

～，從車，加聲。疑駕字或體。侯馬盟書～，人名。（古文字譜系疏證〔M〕，北京：商務印書館，2007：2241）

※輚　輚一七九：五（1），～

陳漢平　盟書有人名字作輚，字表隸定作輚而無說。據《說文》爰字說解，知此字當釋爲轅。《說文》：「轅，輈也。從車，袁聲。」古文字聲旁從爰，從袁可以通用，如蝯、猨字今書作猿。（侯馬盟書文字考釋〔M〕，屠龍絕緒，哈爾濱：黑龍江教育出版社，1989，10：349）

湯余惠，賴炳偉，徐在國，吳良寶：輚。（戰國文字編〔M〕，福州：福建人民出版社，2001：939）

陽　陽一九五：七（1），塦～

湯余惠，賴炳偉，徐在國，吳良寶：陽。（戰國文字編〔M〕，福州：福建人民出版社，2001：943～944）

隥　隥三：一九（3）、隥三：二七（2），孫～

朱德熙，裘錫圭　「隥及新君弟子孫」的「隥」字，1號不晰，5號右旁從「𢴾」。3號寫作：阧

右旁從「蓯」。古文字中「斗」和「升」形體極相似，盟書此字與「隥」字通用，自應釋「阩」。「阩」當即「陞」字初文。「陞」字見於戰國印文及匋文。（關於侯馬盟書的幾點補釋〔J〕，文物，1972，8：38）

曾志雄　隥：人名。《說文・阜部》云：「隥，仰也；從阜登聲。」段注：「都

鄧切。」（頁 732 上）盟書此字有「從阜登聲」和「從阜升聲」二體，前者十二例，屬主流字形，後者六例，屬少數字形；另有四例寫作「登」。寫作「登」的四例，其下都有「廾」旁，屬於古老字形的特徵；而寫作「從阜登聲」的十二例中，只有四例的「登」旁帶「廾」，其餘的都不帶「廾」。雖然是因爲「隥」字原有「阜、𣥠、豆、廾」等四個偏旁，形成了結構張力，而「廾」又屬於被淘汰的古老偏旁，所以結構張力自然就省去了這個「廾」；甚至「隥」字在十二例之外還有一例作「從阜從豆」（179：13）的，這個「豆」旁應該是在結構張力下由「登」旁經多次簡省後剩下來的部分，這無形中又證實了上文張力結構的假設。（侯馬盟書研究〔D〕，香港：香港中文大學研究院中文學部博士論文，1993：176～177）

湯余惠，賴炳偉，徐在國，吳良寶：隥。（戰國文字編〔M〕，福州：福建人民出版社，2001：945）

黃德寬 等　隥　侯馬三四九，孫～

～，從阜，登（或省作豆）聲。侯馬盟書～，人名。（古文字譜系疏證〔M〕，北京：商務印書館，2007：351）

（※陡）　一七九：一三（3），～

湯余惠，賴炳偉，徐在國，吳良寶：陡。（戰國文字編〔M〕，福州：福建人民出版社，2001：951）

黃德寬 等　陡　侯馬三四九，～

～，從阜，豆聲。阧之異文。《集韻》「阧，峻也。或從豆。」侯馬盟書～，人名，或作隥。隥、～雙聲。（古文字譜系疏證〔M〕，北京：商務印書館，2007：1009）

按：《古文字譜系疏證》之說可從。

陡（一七九：一三），此字形盟書只出現一次，比對隥（三：二七），疑爲隥之省。

※阩　三：二二（3），～

何琳儀　阩　侯馬三四九，～

～，從阜，升聲。《集韻》「～，登也。」侯馬盟書～，人名。（戰國古文字典〔M〕，北京：中華書局，1998：144）

湯余惠，賴炳偉，徐在國，吳良寶：阩。（戰國文字編〔M〕，福州：福建人民出版社，2001：950）

黃德寬 等　阩　侯馬三四九，～

～，從阜，升聲。侯馬盟書～，人名。（古文字譜系疏證〔M〕，北京：商務印書館，2007：366）

※陭　一：三（1），定宮平～之命；敢有～

張頷　「陭」或爲「䢵」字，但克䢵之役遠在晉平公三年，與定公無關。（侯馬東周遺址發現晉國朱書文字〔J〕，文物，1966，2：2）

李裕民　平陭之陭是否即畤，尚成問題，即令是畤，平陭也有爲地名的可能，《左傳》昭公二十二年「奔于平畤」，平畤，周地。或爲祭天的場所，如秦襄公作西畤、秦文公作鄜畤、秦宣公作密畤、秦靈公作吳陽上畤、下畤，凡此均未聞以公名爲畤名。（我對侯馬盟書的看法〔J〕，考古，1973，3：189）

曾志雄　又本句的陭字大多數作（226 例中占 170 例），在「又」旁下有一點，是個主流形式；但也有作的（如 3：2），「又」旁下沒有點。最後「陭」字有一例作「墜」（98：1），字表失收。據下文釋例，「墜」字即今天的「地」字，由於其上有「平」字，我們懷疑，這個「墜」字受「平」字影響而把「平陭」誤書作「平墜（地）」的。（侯馬盟書研究〔D〕，香港：香港中文大學研究院中文學部博士論文，1993：75）

何琳儀　陭　侯馬三二二，定宮平～之命；敢有～

～，從阜，寺聲。侯馬盟書「平～」，讀「平畤」。參畤字。（秦陶「好～」，讀「好畤」。《說文》「畤，天地五帝所基之祭地也。從田寺聲。

右扶風雝有五畤、好畤、鄜畤、皆黃帝時築。或云，秦文公立。」）（戰國古文字典〔M〕，北京：中華書局，1998：45）

湯余惠，賴炳偉，徐在國，吳良寶：陦。（戰國文字編〔M〕，福州：福建人民出版社，2001：951）

黃德寬 等 陦 侯馬三二二，定宮平～之命；敢有～

～，從阜，寺聲。侯馬盟書「平～」，讀「平畤」。「敢有～」～，讀恃。（古文字譜系疏證〔M〕，北京：商務印書館，2007：97）

按：何琳儀先生之說可從。

※陞 陞一六：一八（1），～

《侯馬盟書・字表》338 頁：陞。

陳漢平 盟書人名荎字異體作陞，字表釋陞，未確。按此字從土，荎聲，字當釋阱。《說文》：「阱，陷也。從阜，從井，井亦聲。穽，阱或從穴。汬，古文阱，從水。」古璽文阱字作陞（《古璽彙編》3021：賈陞）、陞（2327：陞藋），可以為證。（侯馬盟書文字考釋〔M〕，屠龍絕緒，1989，10：352）

曾志雄 盟書「井、荎、陞」為由簡而繁的一組字形變化，類似上文「弖」字的變化，可隸定為「荎」或「型」。（侯馬盟書中的人名問題〔C〕，容庚先生百年誕辰紀念文集，廣州：廣東人民出版社，1998，4：501）

何琳儀 陞 侯馬三二一，卲～

～，從阜，井聲。疑阱之繁文。《說文》「阱，陷也。從阜，從井，井亦聲。」（戰國古文字典〔M〕，北京：中華書局，1998：817）

黃德寬 等 陞 侯馬三二一，卲～

～，從阜，井聲。疑阱之繁文。《說文》「阱，陷也。從阜，從井，井亦聲。」（古文字譜系疏證〔M〕，北京：商務印書館，2007：2187）

※陸　𨸏一五六：一一（1），定宮平～之命

湯余惠，賴炳偉，徐在國，吳良寶：陸。（戰國文字編〔M〕，福州：福建人民出版社，2001：951）

乙　乚三：二一（1），及其子～

何琳儀　乙　侯馬二九八，及其子～

～，構形不明。戰國文字～，除干支外，多爲人名。（戰國古文字典〔M〕，北京：中華書局，1998：1081）

己（㠱）　㠱二〇〇：一〇（1），～

《侯馬盟書・字表》322 頁：㠱。

曾志雄　㠱：《玉篇・口部》有此字，云：「居矣切，說也。」（頁 98）從切語看，這個字音「己」；由於盟書含獨立而固定的「口」旁的字不多，「㠱」字這個「口」旁可視爲增繁的無義偏旁。（侯馬盟書研究〔D〕，香港：香港中文大學研究院中文學部博士論文，1993：231）

何琳儀　己　侯馬三〇五，～

戰國文字承襲商周文字。或下加口旁爲繁飾，無義。戰國文字～，天干用字，或人名。（戰國古文字典〔M〕，北京：中華書局，1998：27～28）

湯余惠，賴炳偉，徐在國，吳良寶：㠱。（戰國文字編〔M〕，福州：福建人民出版社，2001：74～75）

按：應嚴格隸定爲：㠱。曾志雄先生之說可從。

癸　𤼭三〇三：一（1），～二百五

何琳儀　癸　侯馬三二一，～二全五

甲骨文作ⅹ（鐵一五六・四）。疑從戈（十），援、內各施一筆表其有刃，再加上矛刃，恰是所謂三鋒矛（戣）。借體象形。～爲戣之初文。

戰國文字～，除人名外，多爲天干用字。（戰國古文字典〔M〕，北京：中華書局，1998：1188～1189）

湯余惠，賴炳偉，徐在國，吳良寶：癸。（戰國文字編〔M〕，福州：福建人民出版社，2001：965）

劉國忠　「癸二百五」應當是原有的器物上的編號，其編號方法是用天干加上數字。（侯馬盟書數術內容探討〔J〕，清華大學學報・哲學社會科學版，2006，4：86）

黃德寬 等　癸　侯馬三二一，～二全五

古文字～，除人名外，多爲天干用字。（古文字譜系疏證〔M〕，北京：商務印書館，2007：2913～2914）

子　一、一：一（2），～孫。二、一：二二（1），～**趙孟**。三、三：一九（1），～乙。**四**、一〇五：一（1），**無卹之**～。**五、見合文子孫**

長甘（即張頷）「侯馬盟書」的主盟人是誰?這是研究盟書必須首先弄清楚的問題。在盟辭中對主盟人的稱謂有三種：一是「嘉」，二是「某」，三是「子趙孟」。……「子趙孟」的「子」也是當時習慣的一種尊稱。（「侯馬盟書」注釋四種〔J〕，文物，1975，5：12，亦見：張頷，陶正剛，張守中，侯馬盟書〔M〕，太原：山西古籍出版社，2006 年增訂本：43、63，亦見：山西省文物工作委員會，侯馬盟書〔M〕，北京：文物出版社，1976 第一版）

郭政凱　子趙孟，有二例：而敢口盡從子趙孟之盟（1：22）；而敢不盡從子口口……（1：23）。後一例「趙孟」二字已磨損，參盟人名亦缺。前一例參盟人名「口口祉」，第一字殘存偏旁「彳」。三字名應包括氏，自稱氏十名，本是表示與主盟者地位相當，但又稱「子趙孟」，尊崇異常，此人可能與趙孟有特殊關係。（侯馬盟書參盟人員的身份〔J〕，陝西師範大學學報・哲學社會科學版，1989，4：95）

王志平　所以我們認爲「子某子」中二「子」含義不同。前一「子」爲指卿士大夫之「子」；後一「子」爲泛泛之尊稱。（侯馬盟書盟主稱謂與相關禮制〔C〕，古文字研究・第二十四輯，北京：中華書局：2002，7：315）

何琳儀　子　侯馬二九九，～孫

～，像小兒頭、身、雙臂、一足（二足省並）之形。戰國文字承襲商周文字。（戰國古文字典〔M〕，北京：中華書局，1998：88～89）

孟　[古文字形]一：二二（1），～趙孟

長甘（即張頷）　「孟」也不是人名，而是一種對長者的專稱，《說文》：「孟，長也。」兄弟姐妹長者皆稱孟。盟書中主盟人「趙孟」，即當時趙氏宗族中行輩間的長者。（「侯馬盟書」叢考〔J〕，文物，1975：12，亦見：張頷，陶正剛，張守中，侯馬盟書〔M〕，太原：山西古籍出版社，2006 年增訂本：63，亦見：山西省文物工作委員會，侯馬盟書〔M〕，北京：文物出版社，1976 第一版）

※孨　[古文字形]三五：六（1），～

何琳儀　孨　侯馬三三〇，～

～，從妾，子聲。（戰國古文字典〔M〕，北京：中華書局，1998）

黃德寬 等　孨　侯馬三三〇，～

～，從妾，子聲。疑特指庶出之子。侯馬盟書～，人名。（古文字譜系疏證〔M〕，北京：商務印書館，2007：212～213）

丑　[古文字形]一六：三（1），乙～

何琳儀　丑　侯馬三〇二，乙～

戰國文字，除人名外，均屬干支。（戰國古文字典〔M〕，北京：中華書局，1998：197）

黃德寬 等　丑　侯馬三〇二，乙～

甲金文～，干支用字。（古文字譜系疏證〔M〕，北京：商務印書館，

2007：544）

寅　一、八五：三一（1），～。二、一○五：一（2），一○五：二（2），中行～。三、一六：三（1），甲～

何琳儀　寅　侯馬三二七，～；中行～；甲～

甲骨文作（後上三一・一○），與矢同形。矢，透紐脂部；～，定紐眞部。透、定均屬舌音，脂、眞爲陰陽對轉，～爲矢之準聲首。或作（林一・一五・三），加口由矢分化爲－。進而演變作（前三・七・二）、（存二七三五）。金文作（臣長卣）、（戊～鼎）、（豆閉簋），或繁化箭頭作（克鍾）、（元年師旋簋）、（錄伯簋）、（師奎父鼎）。戰國文字承襲金文。六國文字尚保留箭頭，秦國文字箭頭不顯，僞變似從宀旁，爲小篆所本。《說文》「，髕也。正月陽氣動，去黃泉欲上出，陰尚強。像宀不達髕，寅於下也。（弋眞切），古文～。」（十四下十三）古文以墳爲～。以髕釋～屬聲訓。（戰國古文字典〔M〕，北京：中華書局，1998：1218～1219）

湯余惠，賴炳偉，徐在國，吳良寶：寅。（戰國文字編〔M〕，福州：福建人民出版社，2001：970）

黃德寬 等　寅　侯馬三二七，～；中行～；甲～

侯馬盟書例二，人名。餘爲地支用字。（古文字譜系疏證〔M〕，北京：商務印書館，2007：3020～3022）

以（㠯）　一、一：一（1）、一：三（1），～事其宔。二、三○三：一（2），卜～吉

陳夢家　以事其宗（室）即以服事晉宗或晉室（公室）。（東周盟誓與出土載書〔J〕，考古，1966，2：274）

李裕民　「以」，已。（我國古代盟誓制度的歷史見證－侯馬盟書〔J〕，文史知識，1986：58）

曾志雄　以：原文作，此字形在金文中又可以隸定爲「台」，乃第一身人稱代祠。在侯馬盟書中，由於已有第一身人稱代詞「余」與之構成對

比，而此字又可寫作[illegible]，而且出現在「敢不[illegible]其腹心__事其主」（見宗盟類四）和「自今__往」（納室類）的句型中，因此釋作「以」是應該的。（侯馬盟書研究〔D〕，香港：香港中文大學研究院中文學部博士論文，1993：51）

劉國忠　「卜以吉」的「以」字，實際上也可理解爲「而」，用爲連屬之詞。「以」讀爲「而」，其例甚多，可參王引之《經傳釋詞》所論，此不贅述。（侯馬盟書數術內容探討〔J〕，清華大學學報·哲學社會科學版，2006，4：85）

黄德寬 等　㠯（以）　侯馬三〇二，～事其宔
戰國文字亦多用作介詞、連詞。如溫縣盟書「～往」。（古文字譜系疏證〔M〕，北京：商務印書館，2007：122～124）

午　[illegible]一：九六（1），～

何琳儀　午　侯馬三〇二，～
戰國文字～，除人名之外均爲天干用字。（戰國古文字典〔M〕，北京：中華書局，1998：508～509）

黄德寬 等　午　侯馬三〇二，～
戰國文字～，除人名之外均爲天干用字。（古文字譜系疏證〔M〕，北京：商務印書館，2007：1425～1427）

《侯馬盟書文字集釋》合文

一元 一六：三（1）

黃盛璋　「一元」，摹本爲「元」顯爲「元」字而誤分爲二字。《論語·堯曰》引書曰：「予小子履，敢用玄牡，敢昭告於皇皇后帝」，《墨子·兼愛》下：「湯曰：誰予小子履，敢用玄牡，告於上天后」。「玄」「元」義音皆同，古通。（關於侯馬盟書的主要問題〔J〕，中原文物，1981，2：29）

曾志雄　一元：本篇元字作「兀」，高景成以爲「元之初文與兀爲一字」，高明和陳初生也有這種看法。「兀」字之上還有「一」字，由於一字和「兀」字相隔甚遠，因此釋作「一元」是合理的。（侯馬盟書研究〔D〕，香港：香港中文大學研究院中文學部博士論文，1993：45）

何琳儀　一元　侯馬二九八，敢用～元

侯馬盟書「～元」，見《禮記·曲禮》下「凡祭宗廟之禮，牛曰～元大武。」注「元，頭也。武，跡也。」疏「牛若肥則腳大，腳大則跡痕大，故云～元大武也。」（戰國古文字典〔M〕，北京：中華書局，1998：1079）

湯余惠，賴炳偉，徐在國，吳良寶：（元）。（戰國文字編〔M〕，福州：福建人民出版社，2001：1）

黃德寬 等　一元　侯馬二九八，敢用～元

侯馬盟書「～元」，古代祭祀用牛的別稱。《禮記·曲禮》下「凡祭宗廟之禮，牛曰～元大武」，鄭玄注「～，頭也；武，跡也。」孔穎達疏「牛若肥則腳大，腳大則跡痕大，故云～元大武也。」（古文字譜系疏證〔M〕，北京：商務印書館，2007：3305～3307）

按：黃盛璋先生分析字形有誤，此爲「一元」合文。盟書中～，何琳儀先生之說可從。

之所　三：一九（1），～

陶正剛，王克林 　爲「之所」二字合文。「之」又作「及」。（侯馬東周盟誓遺址〔J〕，文物，1972，4：30、31）

何琳儀之所　侯馬三五五，～（戰國古文字典〔M〕，北京：中華書局，1998：1476）

湯余惠，賴炳偉，徐在國，吳良寶：之所（合文）。（戰國文字編〔M〕，福州：福建人民出版社，2001：991）

大夫　一六：三（3），～

張頷　「大夫」二字作「」，兩見，與《蔡侯鍾》銘文之「大夫」寫法一致。究竟是哪一位大夫，可惜其名已脫落不見。（侯馬東周遺址發現晉國朱書文字〔J〕，文物，1966，2：3）

陳夢家　「大夫」作「夫」重文，東周金文及秦始皇刻石均如此。「大夫」是與盟者。（東周盟誓與出土載書〔J〕，考古，1966，2：276）

山西省文物工作委員會　夫＝——「大夫」二字的合書。下兩點爲合文符號。（張頷，陶正剛，張守中，侯馬盟書〔M〕，太原：山西古籍出版社，2006 年增訂本：32，亦見：山西省文物工作委員會，侯馬盟書〔M〕，北京：文物出版社，1976 第一版）

曾志雄　大夫：春秋時各國中央的職官之一，也是當時諸侯對其臣屬之稱。

這篇的「大夫」寫成合文，並有合文符號「=」。李學勤等以爲戰國古文常以「夫=」爲「大夫」；林素清更以爲合文符號起於春秋晚期。（侯馬盟書研究〔D〕，香港：香港中文大學研究院中文學部博士論文，1993：50、51）

何琳儀　大夫　侯馬三五五，～

～，見《禮記・王制》「諸侯之上大夫，卿，下大夫，上士，中士，下士，凡五等。」《左・襄三十》「問其縣大夫」，疏「公邑稱大夫，私邑稱宰。」（戰國古文字典〔M〕，北京：中華書局，1998：1492～1493）

按：「夫」下爲合文符號，非重文符號。盟書中～，何琳儀先生之說可從。

至於　一八五：九（2）

何琳儀　至於　侯馬三五五，～（戰國古文字典〔M〕，北京：中華書局，1998：1495）

子孫　一：一一（2），～

李裕民　新出盟書中「子孫」二字均作孫＝，按郭沫若同志定爲春秋晚期的信陽長台關楚墓出土的竹簡106號，子孫即作孫＝，可見這種寫法春秋時代已經有了。（我對侯馬盟書的看法〔J〕，考古，1973，3：186）

山西省文物工作委員會　孫=——「子孫」二字的合文。下兩點爲合文符號。後文不再注。（張頷，陶正剛，張守中，侯馬盟書〔M〕，太原：山西古籍出版社，2006年增訂本：35，亦見：山西省文物工作委員會，侯馬盟書〔M〕，北京：文物出版社，1976第一版）

劉翔　等　孫＝：「孫」下有合文符號，爲「子孫」二字合文。本篇共出現5次。（侯馬盟書〔M〕，商周古文字讀本，北京：語文出版社，1989，9：208）

何琳儀　侯馬三五五，～（戰國古文字典〔M〕，北京：中華書局，1998：1478）

《侯馬盟書文字集釋》存疑字

[illegible]九二：四一（1），～

李裕民　[illegible]《侯馬盟書》宗盟類四之九二：四一。

字從走從沐，隸定作趀。水作[illegible]，猶《楚屈叔沱戈》沱字偏旁作[illegible]，陶文塗字偏旁作[illegible]（《古陶文擬錄》十一·一），都是[illegible]的簡體。趀字，字書所無，此爲參盟人名。（侯馬盟書疑難字考〔C〕，古文字研究·第五輯，北京：中華書局，1981，1：297）

按：此字是否從「沐」聲，待考。

[illegible]一〇五：二（1）、[illegible]一〇五：一（1），～奉

《侯馬盟書·字表·殘字》383頁：[illegible]一〇五：一。

《侯馬盟書·字表·殘字》384頁：[illegible]一〇五：二。

黃六平　盟書編號一〇五：二「虔奉」字作虔；一〇五：一「㡾奉」字作㡾。侯馬盟書詛辭中的「虔」或作「㡾」，審其結構，當爲形聲字。從「甘」得聲之字，當在談部。上古談部是收雙唇鼻音韻尾的閉口音，在《詩經》中僅與侵部有一次合韻的記錄，與其他陽聲韻部絕無合韻的條件。

侯馬盟書以「虔」和「虘」爲一個字的兩種書寫形式，則必爲同音無疑。可見當時言語異聲的情形，已經十分嚴重了。（從侯馬盟書看秦始皇統一文字〔C〕，大公報在港復刊三十周年紀念文集・下卷，1978，9：824～825）

山西省文物工作委員會　虔奉——虔，音錢（qián），誠敬的意思（「虔」字殘損，筆劃不全，照原字形臨摹）。詛辭中或作「虘」，應是「虔」字的古體，下部所從之甘，當爲「虔」字所發聲部，與「箝」、「鉗」之聲同。《說文》以爲「從虍文聲」，是不確切的，今見盟書知當爲「從虍甘聲」。虔奉，誠心奉事的意思。（張頷，陶正剛，張守中，侯馬盟書〔M〕，太原：山西古籍出版社，2006 年再版：43，亦見：山西省文物工作委員會，侯馬盟書〔M〕，北京：文物出版社，1976 第一版）

按：釋「虔」可疑。字待考。

一五六：一三（1），～

《侯馬盟書・字表・殘字》385 頁：一五六：一三。

陳漢平　盟書有人名字作，字表未釋。按此字從頁，契聲，當釋爲顭。《說文》：「顭，司人也。一曰恐也。從頁，契聲。讀若褉。胡計切。」（侯馬盟書文字考釋〔M〕，屠龍絕緒，哈爾濱：黑龍江教育出版社，1989，10：357）

按：～，右從頁，可從；左從契，可疑。字待考。盟書中～，宗盟類參盟人名

三：九（1），～

《侯馬盟書・字表・存疑字》374 頁：三：九。

陳漢平　盟書有字作，字表未釋。按此字從木，從止，媿聲，戰國文字從木，從禾通用，故此字當釋魏。《說文》：「委，委隨也。從女，從禾。」「巍，高也。從嵬，委聲。牛威切。臣鉉等曰：今人省山以爲魏國之魏。語韋切。」古璽文人名「魏突」魏字作，附此存照。

（侯馬盟書文字考釋〔M〕，屠龍絕緒，哈爾濱：黑龍江教育出版社，1989，10：355）

按：陳漢平先生的字形分析，可疑。盟書中～，宗盟類參盟人名。

九八：一（1），～

《侯馬盟書・字表・存疑字》375 頁：九八：一。

李裕民　《侯馬盟書》宗盟類四之九八：一。

此與盟書序篇之（元）實爲一字，只是在人形下附加了女形。（侯馬盟書疑難字考〔C〕，古文字研究・第五輯，北京：中華書局，1981，1：298）

按：釋「元」可疑。字待考。

一：一（2）一：六（1）一：三六（1）一六：二六（6），趙～

郭沫若　第一名「趙化」當即武公的名字。武公之名，史中未有著錄。至於趙朝，可以包含在趙化的「子孫」裏面，且於玉片第 2 號中更有單獨著錄。（侯馬盟書試探〔J〕，文物，1966，2：6）

陳夢家　「趙北」之北，不是化字。（東周盟誓與出土載書〔J〕，考古，1966，2：275）

郭沫若　趙朔即趙北，古人以北方爲朔方，北與朔是一名一字；《趙世家》和《年表》作趙朝，當是字誤。（新出侯馬盟書釋文〔M〕，郭沫若全集・考古編・第 10 卷・考古論集，北京：科學出版社，1972：5）

陶正剛，王克林　，林義光《文源》：「《說文》云：從後近之，從尸匕聲。按：匕尼不同音，人之反文，亦人字，像二人相昵形，實昵之本字」。（侯馬東周盟誓遺址〔J〕，文物，1972，4：30）

唐蘭　趙尼的尼字，依陶正剛、王克林所釋。（侯馬出土晉國趙嘉之盟載書新釋〔J〕，文物，1972，8：32）

李裕民　盟書的主要制裁對象趙之，確爲尼字，釋化、釋北均不妥。（我對侯馬盟書的看法〔J〕，考古，1973，3：186）

黃六平　又如「尼」字，有六七種不同的寫法，有的寫法像「北」字，有的寫法像「比」字，更有寫得像「弱」字的。（從侯馬盟書看秦始皇統一文字〔C〕，大公報在港復刊三十周年紀念文集・下卷，1978，9：823）

高明　載書中指斥的主要對像是獻侯趙化。（侯馬載書盟主考〔C〕，古文字研究・第一輯，1979，8：107，亦見：高明論著選集〔M〕，北京：科學出版社，2001：273～279）

戚桂宴　趙嘉打擊的主要對像是「趙尼及其子孫」，如果趙尼確是趙襄子，那麼史載中的錯亂便可由此而得到澄清，即趙嘉是趙襄子之弟，而不是趙襄子之子，因爲趙襄子之子是在被打擊的對象「趙尼及其子孫」之內的。（侯馬石簡史探〔J〕，山西大學學報（社科版），1982，1：83）

李裕民　誅討對象趙尼之「尼」，應釋「化」或「𠆨」，即趙獻侯浣。（我國古代盟誓制度的歷史見證—侯馬盟書〔J〕，文史知識，1986：58）

林志強　實際上，有關盟書主要問題的爭議，還是由單字的不同考釋引起的。如盟書中被指斥的對象之名，字形同中有異，張頷等人釋「尼」，並認爲「趙尼」即「趙稷」，而趙稷是當時趙鞅的首要政敵，因此這條線索成爲他們確定盟書主盟人「子趙孟」即「趙鞅」的主要理由之一。高明等人則釋爲「化」字，指出盟書中指斥的對像是獻侯趙化，「化」、「浣」雙聲，古相通假，因此「趙化」即「趙浣」，而在史籍記載中，同桓子趙嘉爭奪政權，並被桓子驅逐出境者就是獻侯趙浣，因此盟書主盟者應是趙嘉，並進而指出，盟書稱主盟者爲「嘉」，是主盟人自稱而非別人對他的美稱或尊稱。李學勤、裘錫圭、郝本性等人則釋爲「弧」或「𠆨」，郝本性並以鄭韓古城出土兵器中「狐」的字形來相印證，「弧」亦通「浣」，所得結論與高明同。（戰國玉石文字研究述評〔J〕，中山大學研究生學刊，1990，4：45）

湯余惠　趙尼，即趙稷，趙氏在邯鄲的支族趙午之子。（侯馬盟書〔M〕，戰國銘文選，長春：吉林人民出版社，1993，9：197～198）

曾志雄　趙尼，人名，《侯馬盟書》認爲趙尼與後列兟痝等人皆爲被盟詛的對象。（侯馬盟書研究〔D〕，香港：香港中文大學研究院中文學部博士論文，1993：91）

高明　侯馬盟書所指斥的主要敵人是「趙化」，趙化之化字，載書作「」（宗盟八八：六）、「」（宗盟三五：九）、「」（宗盟九二：六）、「」（宗盟一七九：五）等形，郭沫若初釋化，稱「趙化」，後改釋爲北，稱「趙北」。陶正剛、王克林二同志釋尼，稱趙尼。此字當釋爲化字。載書中所逐出的那個主要人物，應當稱爲趙化，他是桓子趙嘉的最大政敵。（載書〔M〕，中國古文字學通論，北京：北京大學出版社，1996，6：425）

湯余惠，賴炳偉，徐在國，吳良寶：弧。（戰國文字編〔M〕，福州：福建人民出版社，2001：831）

黃德寬 等　復趙瓜及其子孫（古文字譜系疏證〔M〕，北京：商務印書館，2007：716）

劉國忠　這裏的字應該是人名，即侯馬盟書中所記載的人物趙瓜。此人曾被學者們釋爲趙尼、趙北或趙弧等，其名習見于侯馬盟書，盟書 3：2 中該字的寫法即與此件盟書相似。（侯馬盟書數術內容探討〔J〕，清華大學學報・哲學社會科學版，2006，4：86）

按：字待考。

一六：三（2），不顯～公

陳夢家　此同一「某公」亦四見於沁陽出土載書，稱爲「不顯某公」。某字不易確認隸定，它和《金文編》493 頁 1179敹字左半所從者相同，似上從至，下從火。某公應是某一晉公，但史書所記晉諸公名無一與此相當。（東周盟誓與出土載書〔J〕，考古，1966，2：277）

朱德熙，裘錫圭　「君」下一字舊不識，今按乃「晉」字簡寫。《東周盟誓與出土載書》所載沁陽出土盟書甲一、甲二、甲三均有「不（丕）顯□公」之稱。「公」上一字，甲一作、甲二作、甲三作（《考古》

1966 年 5 期 280 頁），與侯馬 16 坑所出盟書「公」上一字顯然是一個字。戰國趙幣晉陽布的晉字，常簡寫作（《辭典》上 37）、（同上 46）、（同上 36）、（同上 38）等形。把它們跟上舉盟書「公」上一字相比較，可以斷定後者也是「晉」字的簡寫。（關於侯馬盟書的幾點補釋〔J〕，文物，1972，8：37）

李裕民　公，也見沁陽盟書。按字與金文的幽字不同，很難說他就是幽公。如果他就是幽公，那末當時在位的晉孝公爲什麼不到孝公之父烈公陵上去會盟，或者到武功最盛的祖宗武公、文公陵上去，卻要去幽公陵呢？如將其釋作晉字，也難索解，因盟書中列有晉字，與此有明顯的不同。（我對侯馬盟書的看法〔J〕，考古，1973，3：185）

山西省文物工作委員會　晉公大塚——晉國先公太廟。（張頷，陶正剛，張守中，侯馬盟書〔M〕，太原：山西古籍出版社，2006 年增訂本：40，亦見：山西省文物工作委員會，侯馬盟書〔M〕，北京：文物出版社，1976 第一版）

高明　李家浩同志說此字當釋爲出字，卻是極其精闢的見解。出字在載書中多次出現，但有兩種用法。一種是在「宗盟」和「納室」兩類載書中作先公謚號，如上表所舉「丕顯出公」或「丕顯皇君出公」；另一種用法是在「委質類」載書中作動詞，如「敢俞出入於趙化之所」。作動詞用的出字，載書有兩種寫法，一種寫作「」（委質三・二一）、「」（委質一五六・二四）、「」（委質一五六・一九）等，乃先秦古字中較爲常見的寫法，同上表所列字形稍有差異。但是，同是作動詞使用的出字，在「委質類」載書中還有一種與上表所舉字形相同的字體，寫作「」（委質一九四・一二）、「」（委質一五六・二〇）、「」（委質九一・五）。載書自身資料足以證明「納室類」載書中之「出公」之「出」，與「委質類」載書之「出入」之「出」同字。（侯馬載書盟主考〔C〕，古文字研究・第一輯，北京：中華書局，1979，8：109～110，亦見：高明論著選集〔M〕，北京：科學出版社，2001：273～279）

湯余惠，賴炳偉，徐在國，吳良寶：莤。（戰國文字編〔M〕，福州：福建人民出版社，2001，12：626）

戚桂宴　丕顯公大塚

簡文一六：三篇云：「皇君公」（文中以「口公」代），六七：六篇云：「丕顯口公大塚」，此「口公」不釋爲「晉公」，當釋爲「出公」。（侯馬石簡史探〔J〕，山西大學學報（社科版），1982，1：80）

林志強　在侯馬盟書中，「晉」字繁簡之形相差很大，其省形與「出」字易混。（戰國玉石文字研究述評〔J〕，中山大學研究生學刊，1990，4：45～46）

曾志雄　公之「」字，有人釋爲幽字，有人釋爲晉字，有人釋爲出字，這三種寫法至今仍有問題。（侯馬盟書研究〔D〕，香港：香港中文大學研究院中文學部博士論文，1993：47）

高明　「丕顯出公大塚」，《侯馬盟書》謂爲「丕顯晉公大塚」。案盟書中凡晉國之晉字，均寫作「」，無一作「」者，此乃出字古體，說見前文。「大塚」乃指晉出公之廟。（載書〔M〕，中國古文字學通論，北京：北京大學出版社，1996，6：430）

〔日〕江村治樹著，王虎應，史畫譯　那麼「」字到底解釋爲何字呢？還很難斷定，因爲目前金文中還沒找到與它相近的字，也有可能不是對晉公的稱呼，很可能是與晉國有傳統關係的神名。（侯馬盟書考〔J〕，文物季刊，1996，1：85～86）

趙世綱，羅桃香　首先侯馬與溫縣盟書的誓詞中均有「丕顯公大家」或「丕顯皇君公」的盟詞，其「」字的特殊寫法也相同。可證兩地均將公捧爲神靈。如果「公」爲晉出公的話，則與史籍相抵牾。（論溫縣盟書與侯馬盟書的年代及其相互關係〔C〕，汾河灣——丁村文化與晉文化考古學術研討會文集，太原：山西高校聯合出版社，1996，6：152）

何琳儀　出　侯馬三〇三，～入。侯馬三二四，不顯～公

侯馬盟書、溫縣盟書「～公」，晉～公。見《史記·晉世家》。（戰國古

文字典〔M〕，北京：中華書局，1998：1234～1235）

吳振武　在侯馬盟書（「納室類」）和溫縣盟書（包括沁陽盟書）誓辭中，都有「丕顯□（以下用△號代替）公大塚如何如何」這樣的話，侯馬盟書（「宗盟類一」）還出現過「丕顯皇君△公」等字樣。

關於△字的釋讀，舊有釋「皇」，釋「幽」、釋「□」（隸定）、釋「晉」、釋「出」五說。其中以釋「晉」和釋「出」兩說影響最大。我們認爲，舊說都是有問題的，必須重新考慮。

筆者認爲，△字應該分析爲從「山」從「敬」省，可隸定成「□」或「□」。既然盟書中的「△公」應釋爲「□（頃）公」，那麼把這兩批盟書訂在晉定公時代是可信的（晉定公在位於西元前 511～475 年）。至少也應該把所有出現「□公」字樣的盟書看成是晉定公時候的東西。因爲只有在晉定公的時候說「丕顯頃公大塚如何如何」才是最合理的。事實上，侯馬盟書「詛咒類」已經透露出一點消息。（釋侯馬盟書和溫縣盟書中的「□公」〔C〕，追尋中華古代文明的蹤跡——學勤先生學術活動五十年紀念文集，上海：復旦大學出版社，2002，5：57～58）

蘇建洲　筆者以爲《侯馬》的□及□，下面皆從「山」，上面則分別從「止」與「屮」，與上舉「□」、「□」、「□」關係相同。則《侯馬》的□及□似乎可以釋爲「□」。特別是上引《張家山漢墓竹簡・引書》簡 99 乍看之下類似「舌」字，但由文例來看應釋爲「腦」，這正好也說明「□」字應該釋爲「□」，而不是「舌」字。「□」字像「以刀斷草」之形，就是古書多見的「芻蕘」之「蕘」的表意初文。「蕘」、「柔」、「腦」古音並相近。《侯馬盟書》的「△」字應釋爲何字，這會牽涉到盟書的年代問題，筆者目前還無法遽下結論。（由《郭店・六德》「柔」字談《侯馬盟書》的「□」公〔EB/OL〕，http://www.studa.net/wenhuayanjiu/060409/15595427.html，06-04-09）

黃德寬 等　出　侯馬三〇三，～入。侯馬三二四，不顯～公

侯馬盟書「～入」，讀作「～納」，見前。侯馬盟書「～公」，即晉～公，見《史記・晉世家》。（古文字譜系疏證〔M〕，北京：商務印書

館，2007：3229～3232）

魏克彬（crispin wi1lams）　《侯馬與溫縣盟書中的「嶽公」》（需要明確字跟詞的區別時，本文用括弧〔〕來標明字或偏旁，用花括弧｛｝來標明詞。）

侯馬與溫縣盟書中常見一位被召喚來監督參盟人的神，叫作「△公」（要考釋的字以「△」來代替，以下同）。△字的寫法較多，例：（侯馬 67：32）；（侯馬 67：4）；（侯馬 67：1）等。學者們對△字曾提出幾種不同的考釋，雖尚未得到共識，但大多數學者認爲「△公」是晉國的一位或多位先公。在溫縣盟書整理工作的過程中，我們發現有三片盟書在△字的位置上用了〔獄〕字。我認爲這裏的〔獄〕字該爲｛岳｝，而且常見的△字應是〔岳〕字。我主張「△公」不是晉國的先公而是一位山神，名爲「岳公」。（侯馬與溫縣盟書中的「嶽公」〔C〕，紀念中國古文字研究會成立三十周年國際學術研討會會議論文集，2008：47～66）

按：山西省文物工作委員會侯馬工作站釋「晉」，朱德熙，裘錫圭先生從之，後放棄。陳夢家先生隸定爲「[illegible]」，高明先生引李家浩先生說此字當釋爲「出」，戚桂宴先生從之。吳振武先生認爲從「山」從「敬」省，可隸定成「㞢」或「[illegible]」應讀作「頃公」，即指晉頃公（在位於西元前525～512 年）。蘇建洲先生以爲侯馬的及，下面皆從「山」，上面則分別從「止」與「屮」。最新的釋法是魏克彬先生，他在整理溫縣盟書的過程中，發現有三片盟書在字的位置上用了「獄」字，他讀爲「嶽（岳）」，主張「公」不是晉國的先公而是一位山神，名爲「岳公」。還有釋「皇」，釋「幽」之說，字形差別太遠，不具引。

魏克彬先生的釋法最引人注意，由於溫縣盟書的材料還沒有完全發表，我們看不到相關字形，期待溫縣盟書早日全部公佈，相信對此疑難字的解決會有幫助。

參考文獻和註釋

一、專　著

1. 〔唐〕林寶，元和姓纂〔M〕，北京：中華書局，1995 年。
2. 〔清〕段玉裁，説文解字注〔M〕，上海：上海古籍出版社，1981 年。
3. 〔清〕王筠，説文釋例〔M〕，武漢市古籍書店影印，1983 年。
4. 李孝定，甲骨文字集釋〔M〕，臺北：中央研究院，1965 年。
5. 張頷，陶正剛，張守中，侯馬盟書〔M〕，太原：山西古籍出版社，2006 年增訂版（山西省文物工作委員會，侯馬盟書〔M〕，北京：文物出版社，1976 第一版）。
6. 羅福頤，古璽彙編〔M〕，北京：文物出版社，1981 年。
7. 曾志雄，侯馬盟書研究〔D〕，香港：香港中文大學研究院中文學部博士論文，1993 年。
8. 湯可敬，説文解字今釋（上、下）〔M〕，長沙：嶽麓書社，1997 年。
9. 何琳儀，戰國古文字典〔M〕，北京：中華書局，1998 年。
10. 李圃，等，古文字詁林〔M〕，上海：上海教育出版社，1999 年。
11. 沈長雲，魏建震，白國紅，張懷通，石延博，趙國史稿〔M〕，北京：中華書局，2000 年。
12. 湯余惠，賴炳偉，徐在國，吳良寶，戰國文字編〔M〕，福州：福建人民出版社，2001 年。
13. 何琳儀，戰國文字通論（訂補）〔M〕，南京：江蘇教育出版社，2003 年。
14. 徐在國，傳抄古文字編（上、中、下）〔M〕，北京：線裝書局，2006 年。
15. 黃德寬，古文字譜系疏證〔M〕，北京：商務印書館，2007 年。

16. 呂靜，春秋時期盟誓研究——神靈崇拜下的社會秩序再構建〔M〕，上海：上海古籍出版社，2007年。

17. 馬保春，晉國歷史地理研究〔M〕，北京：文物出版社，2007年。

18. 王輝，古文字通假會典〔M〕，北京：中華書局，2008年。

19. 高明，塗白奎，古文字類編（上、下）〔M〕，上海：上海古籍出版社，2008年。

二、論　文

1. 張頷，侯馬東周遺址發現晉國朱書文字〔J〕，文物，1966，2：1。

2. 郭沫若，侯馬盟書試探〔J〕，文物，1966，2：4～6，（亦見：郭沫若，郭沫若全集·考古編·第10卷〔M〕，北京：科學出版社，1972：131～144）

3. 陳夢家，東周盟誓與出土載書〔J〕，考古，1966，5：271～281。

4. 郭沫若，新出侯馬盟書釋文〔J〕，文物，1972，3：6，（亦見：郭沫若全集·考古編·第10卷·考古論集〔M〕，北京：科學出版社，1972：145～162）

5. 陶正剛，王克林，侯馬東周盟誓遺址〔J〕，文物，1972，4：27～37、71。

6. 唐蘭，侯馬出土晉國趙嘉之盟載書新釋〔J〕，文物，1972，8：31～35、58。

7. 朱德熙，裘錫圭，關於侯馬盟書的幾點補釋〔J〕，文物，1972，8：36～38，48，（亦見：朱德熙古文字論集〔M〕，北京：中華書局，1995：54～59）

8. 郭沫若，桃都、女媧、加陵〔J〕，文物，1973，1：2～6。

9. 李裕民，我對侯馬盟書的看法〔J〕，考古，1973，3：186。

10. 李棪，山西侯馬東周遺址出土春秋末期晉卿趙孟主盟的載書群〔C〕，大公報在港復刊三十周年紀念文集·下卷，1978，9：791。

11. 黃六平，從侯馬盟書看秦始皇統一文字〔C〕，大公報在港復刊三十周年紀念文集·下卷，1978，9：817。

12. 彭靜中，古文字考釋二則〔J〕，四川大學學報（社科版），1979，2：10。

13. 戚桂宴，「麻夷非是」解〔J〕，考古，1979，3：230、272。

14. 高明，侯馬載書盟主考〔C〕，古文字研究·第一輯，北京：中華書局，1979，8：103～115，（亦見：高明論著選集〔M〕，北京：科學出版社，2001：273～279）

15. 李家浩，釋「弁」〔C〕，古文字研究·第一輯，北京：中華書局，1979，8：391～395。

16. 李裕民，侯馬盟書疑難字考〔C〕，古文字研究·第五輯，北京：中華書局，1981，1：291～301。

17. 黃盛璋，關於侯馬盟書的主要問題〔J〕，中原文物，1981，2：27～33。

18. 戚桂宴，侯馬石簡史探〔J〕，山西大學學報（社科版），1982，1：73～84。

19. 陳長安，試探《侯馬盟書》的年代、事件和主盟人〔M〕，中國古代史論叢1981年第3輯，1982，10：175～191。

20. 曹錦炎，釋𦏧——兼釋續、瀆、竇、𣴎〔J〕，史學集刊，1983，3：87～90。

21. 胡方恕，關於春秋時代的「室」與其有關的問題〔J〕，東北師大學報·哲學社會科學版，1983，5：83～87。

22. 張亞初，論魯臺山西周墓的年代和族屬〔J〕，江漢考古，1984，2：23～28。

23. 吳振武，讀侯馬盟書文字劄記〔M〕，中國語文研究（香港）·第6期，1984，5：13～18。

24. 黃德寬，論形符〔J〕，淮北煤師院學報·社會科學版，1986，1：117～125。

25. 方述鑫，說甲骨文「ᄉ」字〔J〕，四川大學學報，1986，2： 101～106。

26. 李裕民，我國古代盟誓制度的歷史見證——侯馬盟書〔J〕，文史知識，1986，6：56～59，（亦見：李裕民，侯馬盟書〔M〕，山西年鑒，太原：山西人民出版社，1986：428～430）

27. 朱德熙，裘錫圭，曾侯乙墓·曾侯乙墓竹簡釋文與考釋〔M〕，北京：文物出版社，1989：517～518。

28. 唐鈺明，重論「麻夷非是」〔M〕，著名中年語言學家自選集·唐鈺明卷，合肥：安徽教育出版社，2002，12：101～110，（亦見：廣州師範學院學報〔J〕，1989，4）

29. 郭政凱，侯馬盟書參盟人員的身份〔J〕，陝西師範大學學報·哲學社會科學版，1989，4：93～100。

30. 李零，釋「利津[illegible]」和戰國人名中的[illegible]與[illegible]字〔M〕，國家文物局古文獻研究室編，出土文獻研究續集，北京：文物出版社，1989：120～121。

31. 劉翔，陳抗，陳初生，董琨，侯馬盟書〔M〕，商周古文字讀本，北京：語文出版社，1989，9：207～209。

32. 陳漢平，侯馬盟書文字考釋〔M〕，屠龍絕緒，哈爾濱：黑龍江教育出版社，1989，10：346～358。

33. 劉釗，璽印文字釋叢（一）〔M〕，古文字考釋叢稿，長沙：嶽麓書社，2005：157～161，（亦見：考古與文物〔J〕，1990，2：44～49）

34. 林志強，戰國玉石文字研究述評〔J〕，中山大學研究生學刊，1990，4：42～47。

35. 張世超，也釋「有如」〔J〕，古漢語研究，1991，3：82～87。

36. 高智，侯馬盟書主要問題辨述〔J〕，文物季刊，1992，1：32～38。

37. 佘聞榮，釋免——兼說冕兜冂冃月弁〔J〕，中國歷史文物，1993，1：6～7。

38. 何琳儀，三孔布幣考〔J〕，中國錢幣，1993，4：32～36。

39. 湯余惠，侯馬盟書〔M〕，戰國銘文選，長春：吉林人民出版社，1993，9：196～198。

40. 何琳儀，句吳王劍補釋——兼釋塚、主、幵、丂〔M〕，李圃，等，古文字詁林·第八冊〔M〕，上海：上海教育出版社，1999：163～164，（亦見：香港中文大學中國語言及文學系，第二屆國際中國文字學研討會論文集〔C〕，香港：問學社有限公司，1993）

41. 周鳳五，侯馬盟書年代問題重探〔J〕，中國文字（新19期），1994，9：111～135。

42. 朱德熙，裘錫圭，戰國文字研究（六種）侯馬載書「麻夷非是」解〔M〕，朱德熙古文字論集，北京：中華書局，1995，2：31～32，（亦見：朱德熙文集·第 5 卷〔M〕，北京：商務印書館，1999，9：31～32）

43. 〔日〕江村治樹著，王虎應，史畫譯，侯馬盟書考〔J〕，文物季刊，1996，1：81～96。

44. 江村治樹，侯馬古城群和盟誓遺址的關係〔C〕，汾河灣——丁村文化與晉文化考古學術研討會文集，太原：山西高校聯合出版社，1996，6：147～151。

45. 趙世綱，羅桃香，論溫縣盟書與侯馬盟書的年代及其相互關係〔C〕，汾河灣——丁村文化與晉文化考古學術研討會文集，太原：山西高校聯合出版社，1996，6：152～161。

46. 高明，載書〔M〕，中國古文字學通論，北京：北京大學出版社，1996，6：418～430。

47. 曾志雄，侯馬盟書研究中的人名問題（二）——人名字形問題初探〔C〕，第三屆國際中國古文字學研討會論文集，香港：問學社有限公司，1997，10：671～689。

48. 金國泰，張玉春，漢字的異寫異讀與漢語姓氏的變化〔J〕，中國典籍與文化，1998，1：70。

49. 劉釗，璽印文字釋叢（二）·釋[illegible]〔M〕，古文字考釋叢稿，長沙：嶽麓書社，2005，7：189，（亦見：考古與文物〔J〕，1998，3：76～81）

50. 曾志雄，侯馬盟書中的人名問題〔C〕，容庚先生百年誕辰紀念文集，廣州：廣東人民出版社，1998，4：497～532。

51. 孫常敘，釋斨申唐說質誓——讀《侯馬盟書》「自質於君所」獻疑〔M〕，孫常敘古文字論集，長春：東北師範大學出版社，1998，7：314～331。

52. 李家浩，黝鍾銘文考釋〔M〕，北大中文研究（創刊號），北京：北京大學出版社，1998：262，（亦見：李家浩，著名中年語言學家自選集——李家浩卷〔M〕，合肥：安徽教育出版社，2002：68）

53. 劉釗，古文字中的人名資料〔M〕，古文字考釋叢稿，長沙：嶽麓書社，2005：372，（亦見：吉林大學學報（哲學社會科學版）〔J〕，1999，1：60～69）

54. 李學勤，侯馬、溫縣盟書曆朔的再考察〔M〕，華學·第 3 輯，北京：紫禁城出版社，1998，11：165～168，（亦見：夏商周年代學劄記〔M〕，瀋陽：遼寧大學出版社，1999，10：134～139）

55. 陳劍，說慎〔C〕，簡帛研究二〇〇一（上册），南寧：廣西師範大學出版社，2001，9：210，

56. 李零，讀《楚系簡帛文字編》〔M〕，出土文獻研究（第五集），北京：科學出版社，1999：147，（亦見：長台關楚簡《申徒狄》研究〔M〕，簡帛古書與學術源流，北京：三聯書店，2004：182）

57. 陳永正，上古漢語史劃時代的標誌——春秋載書〔C〕，古文字研究·第二十輯，北京：中華書局，2000，3：338～345。

58. 趙平安，釋甲骨文中的「[illegible]」和「[illegible]」〔J〕，文物， 2000，8：61～63。

59. 謝堯亭，侯馬盟書的年代及相關問題〔C〕，山西省考古學會編，山西省考古學會論文集（三），太原：山西古籍出版社，2000，11：313～315。

60. 田建文，關於侯馬盟書〔C〕，山西省考古學會編，山西省考古學會論文集（三），太原：山西古籍出版社，2000，11：492～494。

61. 陳劍，說愼〔C〕，簡帛研究二〇〇一（上冊），南寧：廣西師範大學出版社，2001，9：210。

62. 何琳儀，徐在國，釋「塞」〔J〕，中國錢幣，2002，2：10～12。

63. 郝本性，從溫縣盟書談中國古代盟誓制度〔J〕，華夏考古，2002，2：107～112。

64. 吳振武，釋侯馬盟書和溫縣盟書中的「[illegible]公」〔C〕，追尋中華古代文明的蹤跡——李學勤先生學術活動五十年紀念文集，上海： 復旦大學出版社，2002，5：57～58。

65. 王志平，侯馬盟書盟主稱謂與相關禮制〔C〕，古文字研究・第二十四輯，北京：中華書局，2002，7：312～316。

66. 吳振武，戰國文字中一種值得注意的構形方式〔C〕，姜亮夫、蔣禮鴻、郭在貽先生紀念文集，上海：上海教育出版社，2003：92～93。

67. 降大任，侯馬盟書的研究及價值意義〔J〕，晉陽學刊，2004，2：20～24。

68. 徐在國，上博竹書（三）《周易》釋文補正〔EB/OL〕，http://www.jianbo.org/2004～04～20。

69. 趙平安，戰國文字中的鹽字及相關問題研究〔J〕，考古，2004，8：56～57。

70. 徐在國，東周兵器銘文中幾個詞語的訓釋〔J〕，古漢語研究，2005，1：65。

71. 韓炳華，先族考〔J〕，中國歷史文物，2005，4：32～39。

72. 黃德寬，楚簡《周易》「[illegible]」字說〔EB/OL〕，http://www.sinoss.com/portal/webgate/_CmdArticleList?QUE RY=d，id=774&JournalID=774，（亦見：中國文字研究〔M〕，南寧：廣西教育出版社，2005，10：1～3）

73. 蘇建洲，由《郭店・六德》「柔」字談《侯馬盟書》的「[illegible]」公〔EB/OL〕，http://www.studa.net/wenhuayanjiu/060409/15595427，html，來源：中國論文下載中心，2006～04～09。

74. 王長豐，䖵方國族氏考〔J〕，中原文物，2006，1：65～68，92。

75. 劉國忠，侯馬盟書數術內容探討〔J〕，清華大學學報・哲學社會科學版，2006，4：84～87。

76. 董珊，侯馬、溫縣盟書中「明殛視之」的句法分析〔C〕，古文字研究・第二十七輯，北京：中華書局，2008：356～362。

77. 姜允玉，《侯馬盟書・字表》補正〔C〕，古文字研究・第二十七輯，北京：中華書局，2008：365～366。

78. 魏克彬（crispin willams），侯馬與溫縣盟書中的「嶽公」〔C〕，紀念中國古文字研究會成立三十周年國際學術研討會會議論文集，2008：47～66。

附錄：發表的相關學術論文

一、侯馬盟書研究綜述

侯馬，古稱新田，有「晉南重鎮」之稱。2500 多年前的春秋時期，就是溝通燕、趙、秦、蜀的通衢之地。史載，春秋時代的晉國，曾有五都五遷：唐一都也，晉二都也，曲沃三都也，絳四都也，新田五都也。唐在今翼城，晉在今臨汾，曲沃在今聞喜，絳在今曲沃，新田在今侯馬。晉國將新田作爲都城達 209 年，起自西元前 585 年，終於西元前 376 年被韓、趙、魏三家分晉之時。

1965 年 11 月～1966 年 5 月，考古工作者在牛村古城附近的澮河北岸臺地上發現並發掘了侯馬盟書。這些盟書是用筆蘸朱砂（少數爲蘸墨）寫在玉片、石片上的，數量達五千餘件，已整理出可讀者 656 件。〔註 1〕盟書及其反映的歷次盟誓，具有極高的史料價值，因此，這一發現立即震驚了考古界、歷史界、文字學界，甚至書法界。侯馬盟書，因之被列入 1949 年建國以來中國的十項重大考古成果之一，已成爲國寶級的文物。〔註 2〕

盟書，是古代結盟立誓，舉行歃血盟禮時所載錄的文辭，也稱爲「載書」，後亦泛指誓約文書。春秋時代盛行盟誓，據《周禮．司盟》等書記載，古代盟

〔註 1〕何琳儀：戰國文字通論（訂補）第 140 頁，〔南京〕江蘇教育出版社 2003 版。

〔註 2〕張頷，陶正剛，張守中：《侯馬盟書》第 3 頁，〔太原〕山西古籍出版社 2006 年增訂本。

誓時所寫的盟書都是一式兩份，一份藏在掌管盟書的專門機構--盟府裏，作爲存檔；一份祭告於鬼神，要埋入地下或沉入河中，侯馬盟書便是埋在地下的那一份。

侯馬盟書，按其內容，大體上可分爲六類十二種：

（一）**宗盟類**：這一類盟辭內容是同姓宗族的參盟人要求他們內部之間團結一致共同打擊敵人。強調要奉事宗廟祭祀（「事其宗」）和守護宗廟（「守二宮」），反映了主盟人趙鞅（趙孟）爲加強晉陽趙氏宗族的內部團結，以求一致對敵而舉行盟誓的情況。這一類中又可分爲六種，五百一十四篇，分別埋於三十七個坑中。

（二）**委質類**：這一類盟辭內容是從敵對陣營裏分化出來的一些人物所立的誓約，表明與舊營壘決裂，並將自己獻身給新的主君（「自誓於君所」）；被誅討對象除五氏七家而外，又增加四氏十四家（比鑿、比柎、比詧、比強、比瘨、趙朱、趙喬、閔舍、閔伐、邵城等。比氏中，歂及新君弟子孫、隥及新君弟子孫和比痝之伯父、叔父、兄弟之族未計在內），已多至九氏二十一家，文字篇幅最長。字跡可辨識者共七十五篇，分別出土於十八個坑位中。

（三）**納室類**：這一類盟辭內容表明，參盟人發誓，自己不「納室」（不擴大奴隸單位），也要反對和聲討宗族兄弟們中間的「納室」行爲，否則甘願接受誅滅的制裁。字跡可辨的共五十八篇，集中出土於坑六七號。

上述三類均用朱紅顏色書寫。以下兩類用黑墨書寫：

（四）**詛咒類**：在清理存目盟書過程中，從坑一○五號坑出土的標本裏，又發現了十三件有隱約文字痕跡，字跡黑色，大都殘損，無法辨識完整成篇的辭句；內容並非誓約，而是對既犯的罪行加以詛咒與譴責，使其受到神明的懲處。

（五）**卜筮類**：這是盟誓中有關卜筮的一些記錄，不是正式的盟書。發現了三件，是寫在圭形或璧形玉片上的。

（六）**其他**：除上述五類外，還發現少數殘碎的盟書，內容特殊，但由於辭句支離，無從瞭解各篇的全貌。其中只有一件保存著「永不明（盟）於邯鄲」一個與以前不同的完整的句子。這樣一些盟書，列爲「其他」。〔註3〕

〔註 3〕以上六段文字係筆者根據：1、張頷，陶正剛，張守中，侯馬盟書〔M〕，太原：山

關於侯馬盟書的盟主，學術界有兩種意見：張頷等先生的簡子趙鞅說；〔註4〕唐蘭等先生的桓子趙嘉說。〔註5〕

我們贊同唐蘭等先生的觀點，侯馬盟書盟主爲趙嘉（趙桓子），盟書主盟人約在晉定公十七年（約西元前424年）舉行盟誓的。

侯馬盟書的國內外研究概況如下：

（一）專　著

1、《侯馬盟書》

侯馬盟書自1966年出土面世後，就引起了海內外學術界的震動。1976年文物出版社出版了由山西省文物工作委員會編著的《侯馬盟書》。該書公佈了侯馬盟書的所有圖版、摹本，書後還有《侯馬盟書・字表》。張頷先生對侯馬盟書做了整理與研究，他做出了巨大的貢獻，值得稱道。由於侯馬盟書圖版不清晰，所以摹本極爲重要，而《侯馬盟書》的特色就是摹本精良，摹本是張守中先生做的。書後所附的《侯馬盟書・字表》也是張守中先生做的。山西古籍出版社於2006年4月又出版了《侯馬盟書》增訂本。

2、《侯馬盟書研究》

《侯馬盟書研究》是1993年香港中文大學研究院中文學部曾志雄先生的博士論文。

該書共有五章組成：第一章，春秋盟誓概說；第二章，侯馬盟書的發現和研究；第三、四章，侯馬盟書釋例；第五章，侯馬盟書文字特點。該書重點探討了侯馬盟書的年代，對侯馬盟書的部分文字做了釋讀，對侯馬盟書一字多形的成因作了細緻分析，提出了12個原因，進而總結出了侯馬盟書文字的七大特點。可以說，該書是續《侯馬盟書》出版後，又一部專門研究盟書的大著。

除上述二部專著外，還有〔日〕平勢隆郎的《春秋晉國「侯馬盟書」字體通覽》（東京大學東洋文化研究所1988年3月）、汪深娟的《侯馬盟書文字研究》

西古籍出版社，2006：11～12；2、高明，中國古文字學通論〔M〕，北京：北京大學出版社，1996：420；3、江村治樹，侯馬盟書考〔J〕，文物季刊，1996，1。

〔註4〕張頷，陶正剛，張守中，侯馬盟書〔M〕，太原：山西古籍出版社，2006，63～66，亦見：山西省文物工作委員會，侯馬盟書〔M〕，北京：文物出版社，1976。

〔註5〕唐蘭，侯馬出土晉國趙嘉之盟載書新釋〔M〕，文物，1972，8。

（中國文化大學中國文學研究所碩士論文，1983 年）等。

（二）論　文

涉及侯馬盟書的論文非常多，我們主要從古文字考釋的角度略作舉例。侯馬盟書公佈後，許多著名專家學者如郭沫若、唐蘭、陳夢家、朱德熙、張頷、李學勤、裘錫圭、孫常敘、高明、李裕民、黃盛璋、李家浩、吳振武、何琳儀、馮時、劉釗、曾志雄、唐鈺明、董珊及日本學者江村治樹、平勢隆郎等均發表過涉及盟書的研究文章。

張頷先生最早發表《侯馬盟書叢考》、《侯馬盟書叢考續》等系列文章，系統考證厘清了侯馬盟書文字、內容及相關史實，揭示了盟書的科學內涵。但仍有許多疑難字誤釋或未釋，後經過學者的努力，大多得到解決。比如：

，朱德熙、裘錫圭先生釋「阩」，認爲是「升」字初文。〔註 6〕

宔字，原先都誤釋爲「宗」，黃盛璋先生最早指出了二字的差別，將二字分開，〔註 7〕意義尤爲重大。從此後，戰國文字中其他國家的「宔」字也得到了確認。

「麻塞非是」，朱德熙、裘錫圭先生釋爲「滅夷彼氏」，謂即《公羊傳》襄公二十七年的「昧雉彼視」。〔註 8〕

吳振武先生對「兩」、「過」、「詽」、「埜」、「鈔」、「良」等字的釋讀，〔註 9〕李家浩先生對「弁」及從之字的釋讀，〔註 10〕劉釗先生對「牽」字的釋讀等，〔註 11〕均是考釋盟書疑難字詞的典範。但侯馬盟書中仍有一些疑難字未得到解決，如：

：不顯～公

山西省文物工作委員會侯馬工作站釋「晉」，朱德熙、裘錫圭先生從之，後

〔註 6〕朱德熙，裘錫圭，關於侯馬盟書的幾點補釋〔J〕，文物，1972，8 期，（亦見：《朱德熙古文字論集》第 54～59 頁，北京：中華書局，1995 年版）。

〔註 7〕黃盛璋，關於侯馬盟書的主要問題〔J〕，中原文物，1981，2。

〔註 8〕朱德熙，朱德熙古文字論集〔Z〕，北京：中華書局，1995：31～32，（亦見：《朱德熙文集・第 5 卷》第 31～32 頁，北京：商務印書館，1999 版。）

〔註 9〕吳振武，中國語文研究（香港）〔M〕，1984，6：13～18。

〔註 10〕李家浩，古文字研究・第一輯〔Z〕，北京：中華書局，1979：391～395。

〔註 11〕劉釗，古文字考釋叢稿〔Z〕，長沙：嶽麓書社，2005：157～161，（亦見：《考古與文物》1990 年第 2 期。）

放棄。〔註12〕

陳夢家先生隸定爲「𤔲」，〔註13〕高明先生引李家浩先生說此字當釋爲「出」，〔註14〕戚桂宴先生從之。〔註15〕吳振武先生認爲從「山」從「敬」省，可隸定成「𡵂」或「嶜」，應讀作「頃公」，即指晉頃公（在位於西元前 525～512 年）。〔註16〕蘇建洲先生以爲侯馬的□及□，下面皆從「山」，上面則分別從「止」與「屮」。〔註17〕最新的釋法是魏克彬先生，他在整理溫縣盟書的過程中，發現有三片盟書在□字的位置上用了「獄」字，他讀爲「岳」，主張「□公」不是晉國的先公，而是一位山神，名爲「岳公」。〔註18〕還有有釋「皇」，釋「幽」之說，字形差別太遠，不具引。

魏克彬先生的釋法最引人注意，由於溫縣盟書的材料還沒有完全發表，我們看不到相關字形，期待溫縣盟書早日全部公佈，相信對此疑難字的解決會有幫助。

類似的疑難字還有□（一：一）、□（三：九）、□（一五六：一三）、□（九八：一）、□（一〇五：一）、□（一〇五：二）等。

侯馬盟書還有待進一步研究。除疑難字的釋讀外，還可以從編制工具書方面入手。如：可編制《侯馬盟書文字編》。侯馬盟書向無文字編，本專著可填補這一空白。《侯馬盟書文字編》將收錄《侯馬盟書》的摹本全部字形（殘字除外）和圖版中清晰的字形，正編字頭用繁體，大致按照《說文解字》一書順序排列，不見《說文解字》的字，按偏旁部首附於相應各部之後，右上角加※號以示區

〔註12〕朱德熙，朱德熙文集·第5卷〔Z〕，北京：商務印書館，1999：54～59。

〔註13〕陳夢家，東周盟誓與出土載書〔J〕，考古，1966，2。

〔註14〕高明，古文字研究·第一輯〔Z〕，北京：中華書局，1979：109～110，（亦見：《高明論著選集》第273～279頁，北京：科學出版社，2001版。）

〔註15〕戚桂宴，侯馬石簡史探〔J〕，山西大學學報（社科版）〔J〕，1982，1。

〔註16〕吳振武，追尋中華古代文明的蹤跡——學勤先生學術活動五十年紀念文集〔Z〕，上海：復旦大學出版社 2002：57～58。

〔註17〕蘇建洲：由《郭店·六德》「柔」字談《侯馬盟書》的「□」公〔EB/OL〕，http ://www.studa.net/wenhuayanjiu/060409/15595427.html，06-04-09。

〔註18〕魏克彬，紀念中國古文字研究會成立三十周年國際學術研討會會議論文集〔C〕，2008：47～66。

別，或體用（）表示。這樣，《侯馬盟書文字編》不僅收字全面，且按照《說文解字》的順序分卷編排字頭，較之原有的字形表，釋字水準有很大幅度的提高，也極利於讀者檢索利用；《侯馬盟書·字表》較系統地考證厘清了侯馬盟書文字，但仍有許多疑難字誤釋或未釋，後經過學者的努力，大多得到解決。但這些成果一直處於散見狀態，使用時查考頗難。《侯馬盟書文字編》將吸收學界新成果，試圖解決這一問題。

還可編制《侯馬盟書文字集釋》，對侯馬盟書文字資料進行綜合的整理。文字釋讀是基礎工作，侯馬盟書文字中還有一些字尚未釋出，即使對一些已釋的字，也是議論紛紛、各有說辭。爲了使人們對研究情況有一個整體認識，針對侯馬盟書文字綜合性研究明顯不足這一缺陷，《侯馬盟書文字集釋》可對侯馬盟書文字考釋成果做一個全面梳理，志在於彌補這方面缺陷作一個嘗試。《侯馬盟書文字集釋》就是對諸家說法的一次總結，這將爲以後的文字釋讀工作提供材料上的方便、可靠的平臺，而且對於整個春秋戰國文字的研究將有推動作用。

侯馬盟書是戰國三晉、戰國玉石文字中的重要資料，在文字學、先秦史研究等方面均具有重要的價值。侯馬盟書與河南溫縣盟書極相似，對侯馬盟書的深入研究也爲即將公佈的河南溫縣盟書的研究提供了很有價值的參考。溫縣盟書與侯馬盟書年代相近，盟書內容和盟書形制相似或相同，盟書所反映的歷史事實相同，因而它們之間具有密切的關係。〔註 19〕通過對侯馬盟書的研究，有利於深化對溫縣盟書的研究，最終有利於揭示春秋末年的歷史史實。所以我們期待《侯馬盟書文字編》、《侯馬盟書文字集釋》等早日問世。

（發表於：《社會科學論壇》2010 年第 7 期）

二、讀侯馬盟書文字劄記三則

（一）釋「榠」

侯馬盟書有如下一字：

九二：一，～赿

〔註 19〕程峰，侯馬盟書與溫縣盟書〔J〕，殷都學刊，2002，4。

按：原書未釋。我們認爲此字當分析爲從宀，從杲。杲見於楚簡：

1、《信陽楚簡》簡 1・23：州昊昊杲=（杲杲）有胃日……〔註 20〕

2、《上博三・周易》第十五簡《豫》卦：上六：杲（杲，讀爲冥）Ⓐ（豫），成又（有）愈（渝），亡（無）咎……〔註 21〕（杲，右部有一小部分塗黑，上部所從的◐，一半明一半黑。）

3、《上博五・三德》簡 19：「毋曰杲=（冥冥），上天有下政。」〔註 22〕

關於上引諸字，有如下說法：

A、《上博三・周易》注釋部分：杲，疑「杲」字，《說文・木部》「杲，明也，從日在木上。」馬王堆漢墓帛書《周易》，今本《周易》均作「冥」，則日當在木下，爲「杳」字，《說文・木部》「杳，冥也，從日在木下。」疑「冥」當讀爲「明」，如此，則與簡文合。

B、徐在國先生：杲，當分析爲從「木」、「冥」聲，釋爲「榠」。此字「木」上所從並非是「日」，右部有一小部分塗黑，當是有意爲之，這很自然地使我們想到上博竹書（二）《容成氏》37 簡中「皮」後之字，一半明一半黑，與 D 上半所從同，當釋爲「冥」字。說詳另文。「榠」字亦見於信陽簡、包山簡、曾侯乙墓簡，李零先生早已釋爲「榠」，頗具卓識。簡文「榠」當讀爲「冥」。〔註 23〕

C、《上博五・三德》注釋部分：今本作「冥」，疑即古書「榠」字（「榠」是木瓜。）

李零先生還曾說過：「冥冥」，亦合文，是昏暗的意思。「冥」，像有實在木上，應即「榠」字。「榠」即「榠樝」之「榠」，見《玉篇》、《廣韻》、《集韻》。榠樝是木瓜類植物（參《本草綱目》）。其字正像瓜在木上。〔註 24〕

〔註 20〕劉雨，信陽楚簡釋文與考釋〔M〕，河南省文物研究所，信陽楚墓〔C〕，北京：文物出版社，1986，3：125。

〔註 21〕濮茅左，周易〔M〕，馬承源，上海博物館藏戰國楚竹書〈三〉〔C〕，上海：上海古籍出版社，2003，12：157～158。

〔註 22〕李零，三德〔M〕，馬承源，上海博物館藏戰國楚竹書〈五〉〔C〕，上海：上海古籍出版社，2005，12：301～302。

〔註 23〕徐在國，上博竹書（三）《周易》釋文補正〔EB/OL〕，http：//www.jianbo.org/，2004～04～20。

〔註 24〕李零，讀《楚系簡帛文字編》〔C〕，出土文獻研究・第五集，北京：科學出版社，

D、黃德寬先生：應釋爲杲，可能就是「杳」的異文。〔註 25〕

上引諸說中，我們認爲徐在國先生之說可從。，從「木」、「冥」聲，即「榠」。盟書中亦是「榠」。《說文》「冥，幽也。從日，從六，冖聲。」可見上方所從的冖，實爲綴加的一個聲符。盟書中「榠」當讀爲「冥」，爲姓氏。「冥氏」爲官名，掌攻除猛獸，見於《周禮・秋官・冥氏》：「冥氏掌設弧張，爲阱擭以攻猛獸，以靈鼓驅之，若得其獸，則獻其皮、革、齒、須、備。」

（二）釋「圃」

侯馬盟書有如下一字：

九二：二九，～

此字《侯馬盟書・字表》328 頁隸作「困」，《戰國文字編》從之；〔註 26〕李裕民先生釋爲「因」；〔註 27〕何琳儀先生釋爲「圀」。〔註 28〕

按：我們認爲「」隸爲「困」是正確的，釋爲「因」、「圀」均不可從。此字從□，夫聲，應嚴格隸定爲困，我們認爲是圃字的異體。

上古音甫，魚部幫紐；夫，魚部並紐，甫、夫同屬魚部，幫並旁紐。

出土文獻及傳世文獻中，甫、夫也常通假。金文多見「某甫人」，如《穌甫人匜》，〔註 29〕「黃子乍黃甫人孟姬行器」；〔註 30〕此外還有《㝬甫人匜》，王獻唐先生曾加討論：「甫、夫音義既皆相合，甫人就是夫人。殷代卜辭、金文沒有

1999：147，亦見：長台關楚簡《申徒狄》研究〔M〕，簡帛古書與學術源流，北京：三聯書店，2004：182。

〔註 25〕楚簡《周易》「」字說〔EB/OL〕，http：//www.sinoss.com/portal/webgate/_CmdArticleList?QUERY=d.id=774&JournalID=774.亦見：中國文字研究〔M〕，南寧：廣西教育出版社，2005，10：1～3，亦見：黃德寬，何琳儀，徐在國，新出楚簡文字考〔M〕，合肥：安徽大學出版社，2007：184～192。

〔註 26〕湯余惠，賴炳偉，徐在國，吳良寶，戰國文字編〔M〕，福州：福建人民出版社，2001：395。

〔註 27〕李裕民，侯馬盟書疑難字考〔M〕，古文字研究・第五輯〔C〕，北京：中華書局，1981，1：297。

〔註 28〕何琳儀，戰國古文字典〔M〕，北京：中華書局，1998：1178～1179。

〔註 29〕中國社會科學院考古研究所，殷周金文集成・第十六冊〔M〕，北京：中華書局，1994，12：191。

〔註 30〕河南信陽地區文管會，春秋早期黃君孟夫婦墓發掘報告〔J〕，考古，1984，4：316。

夫人名稱，只稱妻稱婦。周代王后和列國君主嫡配，始名夫人。春秋時夫、甫二字並行。」〔註 31〕《詩・大雅・甫田》鄭玄箋：「甫之言丈夫也。」

綜上所述，我們認爲⿴囗夫即圃字異體。《說文》：「圃，種菜曰圃。從口，甫聲。」盟書中～，爲宗盟類參盟人名。

（三）釋「⿱羽𡲼」

一：八六，～

侯馬盟書摹本爲：（⿱羽⿸尸魚）。《侯馬盟書・字表》失收。

按：此字摹寫有誤，上從羽；下爲𡲼，非從魚；嚴格隸定爲⿱羽𡲼。

關於𡲼或⿺辶𡲼字，釋法和讀法主要有：

A、⿺辶𡲼，釋爲「逦」。〔註 32〕

B、⿺辶𡲼，釋爲「徙」。〔註 33〕

C、釋爲「沙」。

「『從尾少聲』並和『沙』字相通是毫無疑問的」，〔註 34〕如：銘文中的「『彤𡲼』它器多作『彤沙』」；〔註 35〕《上博三・周易》第二簡：「⿰土𡲼」釋爲「沙」，〔註 36〕包山楚簡「長沙」之「沙」字作「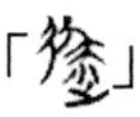」、「」……〔註 37〕

D、釋爲「沙」，讀爲「差」。

「（⿺辶𡲼）此字馬王堆漢墓帛書本作『差』。古音『沙』屬山紐歌部，『差』屬

〔註 31〕黃縣㠱器〔M〕，濟南：山東人民出版社，1960：129。

〔註 32〕黃德寬，何琳儀，徐在國，新出楚簡文字考〔M〕，合肥：安徽大學出版社，2007：8。

〔註 33〕黃德寬，何琳儀，徐在國，新出楚簡文字考〔M〕，合肥：安徽大學出版社，2007：51。

〔註 34〕黃德寬，何琳儀，徐在國，新出楚簡文字考〔M〕，合肥：安徽大學出版社，2007：17。

〔註 35〕黃德寬，何琳儀，徐在國，新出楚簡文字考〔M〕，合肥：安徽大學出版社，2007：17。

〔註 36〕李裕民，侯馬盟書疑難字考〔M〕，古文字研究・第五輯〔C〕，北京：中華書局，1981：138。

〔註 37〕張守中，包山楚簡文字編〔M〕，北京：文物出版社，1996，8：29，141。

初紐歌部，『沙』字可借爲『差』。」〔註38〕

E、釋爲「徙」，讀爲「差」。

「簡本『⿺辶乑沱』，帛書本作『⿰馬左池』，今本《詩・北風・燕燕》作『差池』。按，⿺辶乑（徙），心紐支部；⿰馬左、差，精紐歌部。精、心均屬齒音，支、歌旁轉。」〔註39〕

上引諸說中，我們認爲C或D之說可從。⿱山差字，在盟書中爲人名，待考。

（發表於：《江漢考古》2013年第4期）

三、《侯馬盟書・字表》校訂

侯馬盟書自1966年出土面世後，就引起了海內外學術界的震動。1976年文物出版社出版了由山西省文物工作委員會編著的《侯馬盟書》。該書公佈了侯馬盟書的所有圖版、摹本，書後還有《侯馬盟書・字表》。張頷先生對侯馬盟書做了整理與研究，他做出了巨大的貢獻，值得稱道。由於侯馬盟書圖版不清晰，所以摹本極爲重要，而《侯馬盟書》的特色就是摹本精良，摹本是張守中先生做的。書後所附的《侯馬盟書・字表》也是張守中先生做的。《侯馬盟書・字表》在侯馬盟書摹本的基礎上，對盟書的字形做了初步的整理與研究，共收單字 327 個，爲進一步研究盟書打下了良好的基礎。山西古籍出版社於2006年4月又出版了《侯馬盟書》增訂本。

然而，自侯馬盟書發表以來，半個世紀過去了，隨著新的楚簡材料和研究成果的出現，有必要對侯馬盟書文字考釋成果做一次新的檢討，考釋出部分疑難字；爲了更好的利用《侯馬盟書・字表》，我們也對其進行校訂。爲了大家閱讀方便，行文按照《侯馬盟書・字表》原有的順序排列字頭。

一、[illegible]一：四〇（1），～歐⿰丘堯。二、[illegible]一六二：一（2），～醜。三、[illegible]三：二〇（7），巫覡祝～

〔註38〕黃德寬，何琳儀，徐在國，新出楚簡文字考〔M〕，合肥：安徽大學出版社，2007：8。

〔註39〕黃德寬，何琳儀，徐在國，新出楚簡文字考〔M〕，合肥：安徽大學出版社，2007：51。

《侯馬盟書・字表》320 頁：史。

按：何琳儀已將此字釋爲吏（戰國古文字典〔M〕，北京：中華書局，1998：104～105），其說可從。

今按：～，從一，從史；一或變爲圓點（），史亦聲。史、吏本一字分化。

盟書中「～歐堯、～醜」之～，因在同類盟書中，參盟人有「政」（一：三八）、「仁柳剛」（一：四一）等，姓名前皆沒有職位名，故此二處「～」也不應爲職官名，應爲姓氏，讀「史」。「巫覡祝～」之～，讀「史」，職官名。《戰國文字編》的前後隸定應統一。

九八：一五（1），～

《侯馬盟書・字表》326 頁：狄。

按：黃德寬等先生已將此字釋爲𧘲。

～，從爪，從衣，會以手脫衣之意。裼之初文。《說文》「裼，袒也。從衣，易聲。」《玉篇》「裼，脫衣見體也。」三體石經《僖公》狄作，乃假～（裼）爲狄。晉文字～，人名。（古文字譜系疏證〔M〕，北京：商務印書館，2007：2044），其說可從。

一七九：一五（1），比～

《侯馬盟書・字表》327 頁：寽。

按：李裕民先生已將此字釋爲爰（侯馬盟書疑難字考〔C〕，古文字研究・第五輯，北京：中華書局：1981，1：299），其說可從。

一：八五（1），～

《侯馬盟書・表》328 頁：桒。

按：陳漢平先生已將此字釋爲喿（侯馬盟書文字考釋〔M〕，屠龍絕緒，哈爾濱：黑龍江教育出版社，1989，10：349），其說可從。

九二：二九，～

《侯馬盟書・字表》328 頁：因

今按：此字應嚴格隸定爲因，應是圃字的異體。

一：一（1），以事其～

《侯馬盟書・字表》331 頁：宗。

按：黃盛璋先生已將此字釋爲宔（關於侯馬盟書的主要問題〔J〕，中原文物，1981，2：28），其說可從。

今按：侯馬盟書發表者張頷等將宗與宔合爲一字，黃盛璋先生第一次將宗、宔分開，頗具遠見卓識。

二〇〇：一六（6），不～二宮

《侯馬盟書・字表》331 頁：宗。

按：黃德寬等先生已將此字釋爲㝉（古文字譜系疏證〔M〕，北京：商務印書館，2007：522），其說可從。

三：二一（1），伯父～父

《侯馬盟書・字表》331 頁：叔。

按：何琳儀先生已將此字釋爲弔（戰國古文字典〔M〕，北京：中華書局，1998：307～308），其說可從。

一、一七九：一三（3），～陛。二、探八□：二（4），～埜

《侯馬盟書・字表》333 頁：詔。

按：何琳儀先生已將此字釋爲詔（戰國古文字典〔M〕，北京：中華書局，1998：305），其說可從。

二〇〇：一五（1），～

《侯馬盟書・字表》334 頁：㚔。

按：吳振武先生已將此字釋爲兩（讀侯馬盟書文字劄記〔M〕，中國語文研究（香港）・第 6 期，1984，5：13～14），其說可從。

一：六六（1）、九二：二五（1），～

《侯馬盟書・字表》334 頁：衩。

按：陳漢平先生已將此字釋爲玖（㚔侯馬盟書文字考釋〔M〕，屠龍絕緒，哈爾濱：黑龍江教育出版社，1989，10：351），其說可從。

九八：二〇（1）、六七：五四（1），～

《侯馬盟書・字表》336 頁：迥。

按：吳振武先生已將此字釋爲過（讀侯馬盟書文字劄記〔M〕，中國語文研究（香港）・6 期，1984，5：14～15），其說可從。

医　一、二〇〇：二五（1），～□。二、一〇五：二（1），～宔

《侯馬盟書・字表》336 頁：侯，二〇〇：二五，二例

《侯馬盟書・字表・殘字》384 頁：一〇五：二。

按：黃德寬等先生已將此字釋爲医。

戰國文字～，讀侯。

以上之說可從。

今按：《侯馬盟書・字表》336 頁的「二例」，應改爲「一例」。

七五：八（1），敢～出入

《侯馬盟書・字表》338 頁：俞。

按：黃德寬等先生已將此字釋爲俞（古文字譜系疏證〔M〕，北京：商務印書館，2007：1019），其說可從。

一六：一八（1），～

《侯馬盟書・字表》338 頁：陸。

按：何琳儀先生已將此字釋爲陸（戰國古文字典〔M〕，北京：中華書局，1998：817），其說可從。

三：二五（3），～

《侯馬盟書・字表》338 頁：城。

按：吳振武先生已將此字釋爲「坴」（或「陸」）（讀侯馬盟書文字劄記〔M〕，中國語文研究（香港）・第 6 期，1984，5：16），其說可從。

二〇〇：一二（1），～梁

《侯馬盟書・字表》340 頁：剛。

按：何琳儀先生已將此字釋爲弜，讀強（戰國古文字典〔M〕，北京：中華

書局，1998：646～647），其說可從。

一：九九（1）探八□：二（3），～梁

《侯馬盟書・字表》340 頁：剛。

按：何琳儀先生已將此字釋爲𢐗，讀強（戰國古文字典〔M〕，北京：中華書局，1998：647），其說可從。

九二：四五（1），嗌～

《侯馬盟書・字表》341 頁：系。

按：何琳儀先生已將此字釋爲奚（戰國古文字典〔M〕，北京：中華書局，1998：777），其說可從。

七七：三（1），～

《侯馬盟書・字表》342 頁：鬼。

按：陳漢平先生已將此字釋爲畏（侯馬盟書文字考釋〔M〕，屠龍絕緒，哈爾濱：黑龍江教育出版社，1989，10：355），其說可從。

七五：八（2）、三：二一（2）、一五六：二四（2），比～

《侯馬盟書・字表》343 頁：弪。

按：黃德寬等先生已將此字釋爲𢏚。疑～爲疆之異文（古文字譜系疏證〔M〕，商務印書館，2007：1801），其說可從。

一五六：一六（2）、一：四（1），而敢或～改

《侯馬盟書・字表》345 頁：𢼸。

按：李家浩先生已將此字釋爲弁（釋「弁」〔C〕，古文字研究・第一輯，1979，8：391～395），其說可從。

六七：一（2），～宗人兄弟

《侯馬盟書・字表》346 頁：婚。

按：曾志雄先生已將此字釋爲聞字古文（侯馬盟書研究〔D〕，香港：香港中文大學研究院中文學部博士論文，1993：201～202），其說可從。

一五六：二六（1）、一五六：二六（6）、一：七四（1），～□

《侯馬盟書・字表》347頁：[illegible]，一五六：二六

《侯馬盟書・字表》369頁：[illegible]，一：七四

按：朱德熙，裘錫圭先生已將此字釋爲瓔（曾侯乙墓・曾侯乙墓竹簡釋文與考釋〔M〕，北京：文物出版社，1989：517），其說可從。

七七：九（1）、三：一五（1），～

《侯馬盟書・字表》347頁：[illegible]，七七：九

《侯馬盟書・字表・殘字》380頁：三：一五

按：何琳儀已將此字釋爲[illegible]。[illegible]，從上，尚聲。上之繁文。（戰國古文字典〔M〕，北京：中華書局，1998：682～683）其說可從。

今按：～，雙聲符字，在上的基礎上綴加了聲符尚（或尚省）。盟書中～，宗盟類參盟人名。

八五：二四（1），輔～

《侯馬盟書・字表》350頁：[illegible]。

按：湯余惠等先生已將此字釋爲[illegible]（戰國文字編〔M〕，福州：福建人民出版社，2001：531），其說可從。

一〇五：三（1），眾人～死

《侯馬盟書・字表》351頁：惌。

按：陳漢平先生已將此字釋爲怨。（侯馬盟書文字考釋〔M〕，屠龍絕緒，哈爾濱：黑龍江教育出版社，1989，10：352～353），其說可從。

一五六：一九（6），明亟～之

《侯馬盟書・字表》354頁：睍。

按：何琳儀先生已將此字釋爲邸（戰國古文字典〔M〕，北京：中華書局，1998：1212），此說可從。

三：二〇（4），～

《侯馬盟書・字表》354頁：[illegible]，通「董」。

按：曾志雄先生已將此字釋爲[illegible]（侯馬盟書研究〔D〕，香港：香港中文大

學研究院中文學部博士論文，1993：180），其說可從。

九八：一九（1），史～

《侯馬盟書・字表》355 頁：墮。

按：劉釗先生已將此字釋爲隋（璽印文字釋叢（一）〔M〕，古文字考釋叢稿，長沙：嶽麓書社，2005：161，亦見：考古與文物〔J〕，1990，2：44～49），其說可從。

一、三：一（4），～瘧。二、三：一（4），～直

《侯馬盟書・字表》355 頁：⿰⿱止匕冘。

按：陶正剛，王克林先生已將此字釋爲「比」（侯馬東周盟誓遺址〔J〕，文物，1972，4：30），其說可從。

一〇五：二（2），～

《侯馬盟書・字表》355 頁：𨚮。

按：陶正剛，王克林二位先生（侯馬東周盟誓遺址〔J〕，文物，1972，4：27～37、71）和劉釗先生（璽印文字釋叢（一）〔M〕，古文字考釋叢稿，長沙：嶽麓書社，2005：157～159，亦見：考古與文物〔J〕，1990，2：44～49）已將釋爲比，其說可從。故所從的左旁應是比，應釋爲邶。

一：八九（1），～

《侯馬盟書・字表》358 頁：訮。

按：吳振武先生已將此字釋爲詽（讀侯馬盟書文字劄記〔M〕，中國語文研究（香港）・第 6 期，1984，5：16），其說可從。

一五六：二六（2），～父，

《侯馬盟書・字表》364 頁：德。

按：黃德寬等先生已將此字櫶。

～，從木，悳聲，疑植字繁文。侯馬盟書「～父」，人名。（古文字譜系疏證〔M〕，北京：商務印書館，2007：155）

以上之說可從。

[古文字]三：一九（2），比～

《侯馬盟書・字表》366 頁：陵，同譽。

按：李零先生已將此字釋爲𢜧（䧘釋「利津[古文字]」和戰國人名中的[古文字]與[古文字]字〔M〕，出土文獻研究續集，北京：文物出版社，1989：120～121），其說可從。

[古文字]一五六：七（1），～卯

《侯馬盟書・字表》366 頁：𡍫。

按：曾志雄先生已將此字釋爲臺（侯馬盟書中的人名問題〔C〕，容庚先生百年誕辰紀念文集，廣州：廣東人民出版社，1998，4：501～502），其說可從。

[古文字]一九五：七（1），～陽

《侯馬盟書・字表》366 頁：𧾷

按：黃德寬等先生已將此字釋爲𧾷。

～，從止，𨢊聲。疑𨢊之繁文。侯馬盟書～，讀將，姓氏。見𨢊字。注：𨢊，從酉，爿聲，醬之省文。（古文字譜系疏證〔M〕，北京：商務印書館，2007：1920、1921）蒞以上說法可從。

[古文字]一〇五：一（1），無卹之～子

《侯馬盟書・字表》368 頁：韓。

按：何琳儀先生已將此字釋爲𩏑，疑𩏑之繁文（戰國古文字典〔M〕，北京：中華書局，1998：968），其說可從。

[古文字]三：二三（8）、[古文字]三：二四（1），敢𢇍～之皇君之所

《侯馬盟書・字表》369 頁：擇。

按：何琳儀先生已將此字嚴格隸定爲𢍰（戰國古文字典〔M〕，北京：中華書局，1998：555）。

今按：～，從廾，睪聲。容庚《金文編》：「與擇爲一字。從廾與從手同意。」金文用爲選擇義。《侯馬盟書・字表》也釋爲擇。盟書中～，讀爲繹。

參本論文「繹」字。

九八：二八（1），司寇～

《侯馬盟書・字表》370 頁：[illegible]。

按：朱德熙，裘錫圭先生已將此字釋為鬵（關於侯馬盟書的幾點補釋〔J〕，文物，1972，8：38），其說可從。

三：二一（5），郵～

《侯馬盟書・字表》371 頁：癰。

按：何琳儀先生已將此字釋為[illegible]（戰國古文字典〔M〕，北京：中華書局，1998：405），其說可從。

三：二五（4），郵～

《侯馬盟書・字表》371 頁：癰。

按：黃德寬等先生已將此字釋為[illegible]。

～，從隹，呂聲。雝之初文，鳥名。參雝字。（古文字譜系疏證〔M〕，北京：商務印書館，2007：1108～1109）。

以上之說可從。

一七九：一四（2），比～

《侯馬盟書・字表》371 頁：[illegible]。

按：黃德寬等先生已將此字釋為[illegible]。[illegible]之異文（古文字譜系疏證〔M〕，北京：商務印書館，2007：886），其說可從。

一：六八（1），～

《侯馬盟書・字表・存疑字》373 頁：一：六八。

按：黃德寬等先生已將此字釋為宗（古文字譜系疏證〔M〕，北京：商務印書館，2007：553～554），其說可從。

一：七六（1），～

《侯馬盟書・字表・存疑字》373 頁：一：七六。

按：李裕民先生已將此字釋為[illegible]（侯馬盟書疑難字考〔C〕，古文字研究・

第五輯，北京：中華書局，1981，1：291），其說可從。

一、一：八一（1），～。二、一八五：九（2），馬～至於……

《侯馬盟書・字表・存疑字》373 頁：一：八一。

按：陳漢平先生已將此字釋爲旃（侯馬盟書文字考釋〔M〕，屠龍絕緒，哈爾濱：黑龍江教育出版社，1989，10：354），其說可從。

一：八七（1），臣～

《侯馬盟書・字表・存疑字》373 頁：一：八七。

按：李裕民先生已將此字釋爲處（侯馬盟書疑難字考〔C〕，古文字研究・第五輯，北京：中華書局，1981，1：291），其說可從。

一：一〇一（1），～

《侯馬盟書・字表・存疑字》373 頁：一：一〇一。

按：黃德寬等先生已將此字釋爲[illegible]（古文字譜系疏證〔M〕，北京：商務印書館，2007：273），其說可從。

九二：一（1），～趌

《侯馬盟書・字表・存疑字》374 頁：九二：一。

按：此字未釋，我們跟據最新公佈的楚簡材料，認爲此字當釋爲「榠」，說詳另文。

八八：九（1），～

《侯馬盟書・字表・存疑字》374 頁：八八：九。

按：陳漢平先生已將此字釋爲溺（侯馬盟書文字考釋〔M〕，屠龍絕緒，哈爾濱：黑龍江教育出版社，1989，10：356），其說可從。

八五：三五（1），～

《侯馬盟書・字表・存疑字》374 頁：八五：三五。

按：李裕民先生已將此字釋爲蚩（侯馬盟書疑難字考〔C〕，古文字研究・第五輯，北京：中華書局，1981，1：300），其說可從。

八五：二一（1），～

《侯馬盟書・字表・存疑字》374 頁：八五：二一。

按：陳漢平先生已將此字釋爲邡，其說可從。

一六：二六（1），～

《侯馬盟書・字表・存疑字》374 頁：一六：二六。

按：湯余惠等先生已將此字釋爲甯（戰國文字編〔M〕，福州：福建人民出版社，2001：513），其說可從。

三：二五（1），～

《侯馬盟書・字表・存疑字》374 頁：三：二五。

按：何琳儀，徐在國先生已將此字釋爲僿（釋「塞」〔J〕，中國錢幣，2002，2：11～12），其說可從。

三：二（1），～

《侯馬盟書・字表・存疑字》374 頁：三：二。

按：黃德寬等先生已將此字釋爲鏒。或疑鈔之異文（古文字譜系疏證〔M〕，北京：商務印書館，2007：2341），其說可從。

九二：四四（4），圾～子

《侯馬盟書・字表・存疑字》375 頁：九二：四四。

按：何琳儀先生第一次正確分析出庶的字形爲，而非，頗具遠見卓識。

九二：一〇（1），～生

《侯馬盟書・字表・存疑字》375 頁：九二：一〇。

按：吳振武先生已將此字釋爲良（讀侯馬盟書文字箚記〔M〕，中國語文研究（香港）・第 6 期，1984，5：17），此說可從。

二〇〇：一六（1），～

《侯馬盟書・字表・存疑字》376 頁：二〇〇：一六。

按：黃德寬等先生已將此字釋爲鄙（古文字譜系疏證〔M〕，北京：商務印書館，2007：3602），其說可從。

二〇〇：五（1），～

《侯馬盟書・字表・存疑字》376頁：二〇〇：五。

按：何琳儀先生已將此字釋爲宊，其說可從。

一九八：三（1），牽～

《侯馬盟書・字表・存疑字》376頁：一九八：三。

按：曹錦炎先生已將此字釋爲犢（釋犢——兼釋續、瀆、竇、鄺〔J〕，史學集刊，1983，3：87、90），其說可從。

今按：～，從牛，賣省聲，犢之省文。盟書中，劉釗先生讀「牽犢」，可從。詳見牽字。

一九八：三（1），～犢

《侯馬盟書・字表・存疑字》376頁：一九八：三。

按：劉釗先生已將此字釋爲牽（古文字中的人名資料〔M〕，古文字考釋叢稿，長沙：嶽麓書社，2005：372，亦見：吉林大學學報（哲學社會科學版）〔J〕，1999，1：60～69），其說可從。

一九四：一一（1），～心

《侯馬盟書・字表・存疑字》376頁：一九四：一一。

按：李裕民先生已將此字釋爲佗（侯馬盟書疑難字考〔C〕，古文字研究・第五輯，北京：中華書局，1981，1：299），其說可從。

九二：七（1）、一八五：九（1）、一八五：九（2），～

《侯馬盟書・字表・存疑字》376頁：一八五：九，二例。

按：何琳儀先生已將此字釋爲馬（戰國古文字典〔M〕，北京：中華書局，1998：991），其說可從。

二〇〇：七〇（1），～

《侯馬盟書・字表・存疑字》377頁：二〇〇：七〇。

按：黃德寬等先生已將此字釋爲𧩚（古文字譜系疏證〔M〕，北京：商務印書館，2007：1539），其說可從。

二〇〇：五八（1），每～

《侯馬盟書・字表・存疑字》377 頁：二〇〇：五八。

按：黃德寬等先生已將此字釋爲⿰犭隶（古文字譜系疏證〔M〕，北京：商務印書館，2007：1173），其說可從。

二〇〇：三三（1），～

《侯馬盟書・字表・存疑字》377 頁：二〇〇：三三。

按：黃德寬等先生已將此字釋爲⿰巾阝（古文字譜系疏證〔M〕，北京：商務印書館，2007：63～64），此說可從。

二〇〇：二〇（1），～

《侯馬盟書・字表・存疑字》377 頁：二〇〇：二〇（1）

按：李裕民先生已將此字釋爲⿰義卜（侯馬盟書疑難字考〔C〕，古文字研究・第五輯，1981，1：296），其說可從。

一、一：六〇（1），～。二、三：一九（2），～強

《侯馬盟書・字表・殘字》378 頁：一：六〇。《侯馬盟書・字表》355 頁：三：一九。

按：劉釗先生已將此字釋爲匕（璽印文字釋叢（一）〔M〕，古文字考釋叢稿，長沙：嶽麓書社，2005：159，亦見：考古與文物〔J〕，1990，2：44～49），其說可從。

一：五九（1），～

《侯馬盟書・字表・殘字》378 頁：一：五九。

按：黃德寬等先生已將此字釋爲⿰言戠（古文字譜系疏證〔M〕，北京：商務印書館，2007：3280），其說可從。

一：四二（1），～

《侯馬盟書・字表・殘字》378 頁：一：四二。

按：黃德寬等先生已將此字釋爲鄗（古文字譜系疏證〔M〕，北京：商務印書館，2007：3257），其說可從。

三：一（1），～

《侯馬盟書・字表・殘字》379 頁：三：一。

按：李裕民先生已將此字釋爲㪔（侯馬盟書疑難字考〔C〕，古文字研究・第五輯，1981，1：296），其說可從。

一六：一七（1），～

《侯馬盟書・字表・殘字》380 頁：一六：一七。

按：黃德寬等先生已將此字釋爲𢿢。

～，從攴，藋聲（隹旁省簡，或原摹脫筆）。或疑擢之異文。侯馬盟書～，人名。（古文字譜系疏證〔M〕，北京：商務印書館，2007：2589）

以上之說可從。

八六：一（1），～

《侯馬盟書・字表・殘字》382 頁：八六：一。

按：何琳儀先生已將此字釋爲迪（戰國古文字典〔M〕，北京：中華書局，1998：209），其說可從。

九二：三六（1），～

《侯馬盟書・字表・殘字》383 頁：九二：三六

按：何琳儀先生已將此字釋爲赳（戰國古文字典〔M〕，北京：中華書局，1998：163），其說可從。

九二：二四（1），～

《侯馬盟書・字表・殘字》383 頁：九二：二四。

按：黃德寬等先生已將此字釋爲疫（古文字譜系疏證〔M〕，北京：商務印書館，2007：1562），其說可從。

一五六：九（1），～

《侯馬盟書・字表・殘字》384 頁：一五六：九

按：黃德寬等先生已將此字釋爲鳥（古文字譜系疏證〔M〕，北京：商務印書館，2007：2320），其說可從。

[glyph]一五四：一（1），～□

《侯馬盟書・字表・殘字》384頁：[glyph]一五四：一。

按：李裕民先生已將此字釋爲懍（侯馬盟書疑難字考〔C〕，古文字研究・第五輯，北京：中華書局，1981，1：298～299），其說可從。

[glyph]一五三：一（1），～

《侯馬盟書・字表・殘字》384頁：[glyph]一五三：一。

按：李裕民先生已將此字釋爲悚（侯馬盟書疑難字考〔C〕，古文字研究・第五輯，北京：中華書局，1981，1：298），其說可從。

[glyph]一〇五：二（1），～無卹

《侯馬盟書・字表・殘字》384頁：[glyph]一〇五：二。

按：黃德寬等先生已將此字釋爲冶（古文字譜系疏證〔M〕，北京：商務印書館，2007：1519～1520），其說可從。

[glyph]一九五：一（1），～

《侯馬盟書・字表・殘字》385頁：[glyph]一九五：一。

按：何琳儀先生已將此字釋爲拳（戰國古文字典〔M〕，北京：中華書局，1998：1003），其說可從。

[glyph]二〇〇：三九（1），～豎

《侯馬盟書・字表・殘字》386頁：[glyph]二〇〇：三九

按：黃德寬等先生已將此字釋爲鄓（古文字譜系疏證〔M〕，北京：商務印書館，2007：878～879），其說可從。

[glyph]三四〇：一（2），～疒

《侯馬盟書・字表・殘字》387頁：[glyph]三四〇：一。

按：何琳儀先生已將此字釋爲先（戰國古文字典〔M〕，北京：中華書局，1998：1348～1349），其說可從。

[glyph]三〇三：一（1），共二～五

《侯馬盟書・字表・殘字》387頁：[glyph]三〇三：一。

按：劉國忠先生已將此字釋爲百（侯馬盟書數術內容探討〔J〕，清華大學學報．哲學社會科學版，2006，4：85～86），其說可從。

此「百」字寫法是晉系文字特有，與戰國他系文字寫法迥異。

一：一○四（1）、探八□：二（1），～

《侯馬盟書．字表．殘字》388 頁：探八②：二。

按：曾志雄先生已將此字釋爲樂（侯馬盟書中的人名問題〔C〕，容庚先生百年誕辰紀念文集，廣州：廣東人民出版社，1998，4：509），此說可從。

《侯馬盟書．字表．殘字》：三四○：一

今按：此殘字與《侯馬盟書．字表》367 頁的字字形相同。

八五：八（1），～屜

《侯馬盟書．字表》：漏收。

按：湯余惠等先生已將此字釋爲祁（戰國文字編〔M〕，福州：福建人民出版社，2001：433），其說可從。

一九四：一（1），石飼□

《侯馬盟書．字表》：漏收。

按：黃德寬先生已將此字釋爲飼（古文字譜系疏證〔M〕，北京：北京：商務印書館，2007：1167～1168），其說可從。

今按：字形分析應是台與司借用筆劃。

一：八六，～

侯馬盟書摹本爲：（翟）。

《侯馬盟書．字表》：失收。

今按：此字摹寫有誤，上從羽；下爲㒸，非從魚；嚴格隸定爲𦒓。說詳另文。

九二：四四（3），～

今按：，《侯馬盟書．字表》將其下部「土」字併入其下字「庶」字頭上，非是，故沒有收錄圾字。《戰國古文字典》1373 頁對此予以了糾正。

但《戰國古文字典》對圾字編號發生了錯誤，圾應在《侯馬盟書》圖版九二：四四，非九二。《古文字譜系疏證》亦應改正。

（已在國內一本科院校學報待刊）

四、《古文字詁林》中所收侯馬盟書部分的校補

李圃先生主編的《古文字詁林》（上海世紀出版集團、上海教育出版社出版，全書十二冊，一九九九年十二月出齊），是一部匯錄上自殷商下迄秦漢的石刻文等八種古文字考釋成果的工具書，所錄考釋資料截至一九九七年底。全書彙集了一萬多個字頭，一千多萬字的考釋資料，是我國目前規模最大的古文字匯釋類工具書。由於編纂此書的工程浩大，書中難免出現錯誤。下面對其中所收的侯馬盟書部分進行校訂，內容主要有：1、補充字頭下漏收了的《侯馬盟書・字表》中一九九七年底前已被正確考釋出的字。2、補充正文中漏收了的一九九七年底前的重要的研究成果。

第一冊

33 頁上

按：此處應增加《侯馬盟書・字表》347 頁（七七：九）、380 頁（三：一五）字的字形，堂爲上之繁文。《古文字詁林》漏收了，當補。

258 頁璧

按：此處應增加《侯馬盟書・字表・存疑字》374 頁（一六：一三）字的字形。李裕民先生（侯馬盟書疑難字考〔C〕，古文字研究・第五輯，北京：中華書局，1981，1：296）和陳漢平先生（侯馬盟書文字考釋〔M〕，屠龍絕緒，哈爾濱：黑龍江教育出版社，1989，10：356）已將（一六：一三）釋爲璧，其說可從。《古文字詁林》漏收了陳漢平先生的說法和字形，當補。

玉部應增加瓔（[illegible]、[illegible]）字

按：朱德熙、裘錫圭兩位先生已將《侯馬盟書・字表》347、369 頁（一

五六：二六）、（一：七四）釋爲瓔（曾侯乙墓・曾侯乙墓竹簡釋文與考釋〔M〕，北京：文物出版社，1989：517～518），其說可從。《古文字詁林》漏收了朱德熙、裘錫圭兩位先生的說法和字形，當補。

486 頁茲

按：此處應增加《侯馬盟書・字表》324 頁（一六：三）字的字形。曾志雄先生已將丝釋爲茲（侯馬盟書研究〔D〕，香港：香港中文大學研究院中文學部博士論文，1993：48），其說可從。《古文字詁林》漏收了曾志雄先生的說法和字形，當補。

704 頁犢（䍃）

按：此處應增加《侯馬盟書・字表》376 頁（一九八：三）字的字形。曹錦炎（釋䍃——兼釋續、瀆、竇、鄭〔J〕，史學集刊，1983，3：87、90）和陳漢平先生（侯馬盟書文字考釋〔M〕，屠龍絕緒，哈爾濱：黑龍江教育出版社，1989，10：357）已將釋爲犢，其說可從。《古文字詁林》漏收了陳漢平先生的說法和字形，當補。

第二冊

415 頁迥

按：此處迥字形體應放入 337 頁過字頭下。吳振武先生（讀侯馬盟書文字劄記〔M〕，中國語文研究（香港）・第 6 期，1984，5：14～15）和陳漢平先生（侯馬盟書文字考釋〔M〕，屠龍絕緒，哈爾濱：黑龍江教育出版社，1989，10：351）已將其改釋爲過，其說可從。《古文字詁林》將二位先生的說法均漏收了，當補。

第三冊

83 頁訮

按：應改釋爲「詽」。《侯馬盟書・字表》358 頁：訮，吳振武先生已將其改釋爲「詽」（讀侯馬盟書文字劄記〔M〕，中國語文研究（香港）・第 6 期，1984，5：16），其說可從。詽，不見於《說文》。《古文字詁林》沒有收錄吳振武先生的說法及詽字，當補。

卜部應增加[illegible]字

按：[illegible]見于《侯馬盟書・字表・存疑字》377 頁：[illegible]二〇〇：二〇。李裕民先生已將其隸定爲[illegible]（侯馬盟書疑難字考〔C〕，古文字研究・第五輯，北京：中華書局，1981，1：296）。《古文字詁林》漏收了李裕民先生的說法及[illegible]字，當補。

第四冊

353 頁孚。

按：《侯馬盟書・字表》327 頁[illegible]（一七九：一五）應放入 338 頁爰字頭下。李裕民先生（侯馬盟書疑難字考〔C〕，古文字研究・第五輯，北京：中華書局，1981，1：299）、陳漢平先生（侯馬盟書文字考釋〔M〕，屠龍絕緒，哈爾濱：黑龍江教育出版社，1989，10：349）和曾志雄先生（侯馬盟書研究〔D〕，香港：香港中文大學研究院中文學部博士論文，1993：167～169）已將其釋爲爰，其說可從。《古文字詁林》漏收了陳漢平先生、曾志雄先生的說法，當補。

第五冊

食部應增加[illegible]字

按：食部應增加[illegible]字。[illegible]字見于《侯馬盟書・字表》347 頁。曾志雄先生對此字有論述（侯馬盟書研究〔M〕，香港：香港大學博士論文，1993：100～102）。《古文字詁林》漏收了曾志雄先生的說法及[illegible]字，當補。

573 頁良

按：此處應增加[illegible]（九二：一〇）字的字形。[illegible]字見於《侯馬盟書・字表・存疑字》375 頁。吳振武先生（讀侯馬盟書文字劄記〔M〕，中國語文研究（香港）・第 6 期，1984，5：17～18）和陳漢平先生（侯馬盟書文字考釋〔M〕，屠龍絕緒，哈爾濱：黑龍江教育出版社，1989，10：356）已將此字釋爲良，其說可從。《古文字詁林》漏收了吳振武先生和陳漢平先生的說法及字形，當補。

979 頁枼

按：此處侯馬盟書[illegible]（一：八五）應放入第二冊 622 頁桑。《侯馬盟書・

字表》328 頁：桒，陳漢平先生已將其改釋爲㮊（侯馬盟書文字考釋〔M〕，屠龍絕緒，哈爾濱：黑龍江教育出版社，1989，10：349），其說可從。《古文字詁林》漏收了陳漢平先生的說法，當補。

第六冊

460 頁旃

按：此處應增加《侯馬盟書・字表・存疑字》373 頁（一：八一）字的字形。陳漢平先生（侯馬盟書文字考釋〔M〕，屠龍絕緒，哈爾濱：黑龍江教育出版社，1989：354）已將其釋爲旃，其說可從。《古文字詁林》漏收了陳漢平先生的說法及字形，當補。

772 頁宛

按：此處收錄的侯馬盟書字形：（一○五：三），應放入第八冊 1033 頁怨字頭下。陳漢平先生已將此字改釋爲怨，爲怨之古體（侯馬盟書文字考釋〔M〕，屠龍絕緒，哈爾濱：黑龍江教育出版社，1989，10：352～353），其說可從。《古文字詁林》漏收了陳漢平先生的說法，當補。

861 頁宗

按：應將此處收錄的《侯馬盟書・字表》331 頁宗字中的宔分離出來，加入 870 頁宔字頭下。黃盛璋先生（關於侯馬盟書的主要問題〔J〕，中原文物，1981，2：28～29、33）已正確釋出了宔。《古文字詁林》漏收了黃盛璋先生的說法，當補。

第七冊

761 頁㚤

按：應將此處所錄的《侯馬盟書》字形，分到 437 匕字頭下或 482 比字頭下。陶正剛、王克林先生（侯馬東周盟誓遺址〔J〕，文物，1972，4：30）和劉釗先生（璽印文字釋叢（一）・釋「比」〔J〕，考古與文物，1990，2：44～492，亦見：古文字考釋叢稿〔M〕，長沙：嶽麓書社，2005，7：157～159）已將此處字形改釋成匕或比，其說可從。《古文字詁林》漏收了陶正剛、王克林先生和劉釗先生的說法，當補。

第八冊

160 頁塜

按：此處應增加《侯馬盟書・字表》341 頁塜字的字形。《古文字詁林》漏收了該字形，當補。

196 頁醜

按：此處收有李裕民先生的論述「醜」字的文章（侯馬盟書疑難字考〔C〕，古文字研究・第五輯，北京：中華書局，1981，1：296），但字頭下沒有《侯馬盟書・字表》369 頁醜字的字形，應予增加。

850 頁幸

按：此處幸字見于《侯馬盟書・字表》334 頁，吳振武先生已將其改釋成兩（讀侯馬盟書文字劄記〔M〕，中國語文研究（香港）・第 6 期，1984，5：13～14），其說可從。《古文字詁林》漏收了吳振武先生的說法，當補。此處幸字亦應改放到第七冊 112 頁兩字頭下。

第九冊

104 頁汋

按：此處應增加《侯馬盟書・字表・存疑字》374 頁的（八八：九）字的字形。李裕民先生已將其釋爲汋（侯馬盟書疑難字考〔C〕，古文字研究・第五輯，北京：中華書局，1981，1：297），其說可從。《古文字詁林》漏收了李裕民先生的說法及該字形，當補。

雨部應增加[illegible]字

按：[illegible]見于《侯馬盟書・字表》365 頁（八五：一五），陳漢平先生對此字有論述（侯馬盟書文字考釋〔M〕，屠龍絕緒，哈爾濱：黑龍江教育出版社，1989，10：350）。《古文字詁林》漏收了陳漢平先生的說法及字形，當補。

488 頁臺

按：此字形下應增加《侯馬盟書・字表》366 頁[illegible]（一五六：七）字的字形。裘錫圭先生已將其釋爲臺（戰國貨幣考〔J〕，北京大學學報，1978，2：73），其說可從。《古文字詁林》漏收了裘錫圭先生的說法及字形，當補。

門部應增加閼、闡字

按：此處應增加《侯馬盟書・字表》355 頁閼、闡（閼一九四：四）字的字形。張頷先生（侯馬東周遺址發現晉國朱書文字〔J〕，文物，1966，2：1），郭沫若先生（侯馬盟書試探〔J〕，文物，1966，2：5），陳夢家先生（東周盟誓與出土載書〔J〕，考古，1966，2：274），唐蘭先生（侯馬出土晉國趙嘉之盟載書新釋〔J〕，文物，1972，8：32），李裕民先生（我國古代盟誓制度的歷史見證——侯馬盟書〔J〕，文史知識，1986，6：56），劉翔等先生（盟書〔M〕，商周古文字讀本，北京：語文出版社，1989，9：207），陳漢平先生（侯馬盟書文字考釋〔M〕，屠龍絕緒，哈爾濱：黑龍江教育出版社，1989，10：353），湯余惠先生（侯馬盟書〔M〕，戰國銘文選，長春：吉林人民出版社，1993，9：196～198），曾志雄先生（侯馬盟書研究〔D〕，香港：香港中文大學研究院中文學部博士論文，1993：56～57），等等，對此字皆有論述。《古文字詁林》漏收了該字形及諸位先生的說法，當補。

第十冊

250 頁城

按：此處城（《侯馬盟書・字表》338 頁）應放入「坓」（或「陸」）字頭下。吳振武先生〔讀侯馬盟書文字劄記〔M〕，中國語文研究（香港）・第 6 期，1984，5：16〕、陳漢平先生（侯馬盟書文字考釋〔M〕，屠龍絕緒，哈爾濱：黑龍江教育出版社，1989，10：351～352）已將此字改釋成「坓」（或「陸」），其說可從。《古文字詁林》中漏收了「坓」（或「陸」）字及吳振武先生和陳漢平先生的說法，當補。

金部應增加鏐字

按：金部應增加鏐字。《侯馬盟書・字表・存疑字》374 頁：鏐三：二，吳振武先生〔讀侯馬盟書文字劄記〔M〕，中國語文研究（香港）・第 6 期，1984，5：16～17〕、陳漢平先生（侯馬盟書文字考釋〔M〕，屠龍絕緒，哈爾濱：黑龍江教育出版社，1989，10：355）將其釋爲鏐，其說可從。《古文字詁林》漏收了吳振武先生、陳漢平先生的說法及字形，當補。

幾部應增加處字

按：幾部應增加處（處字或體）字。《侯馬盟書・字表・存疑字》373 頁：[illegible]一：八七，李裕民先生釋爲處（侯馬盟書疑難字考〔C〕，古文字研究・第五輯，北京：中華書局，1981，1：291～301），其說可從。《古文字詁林》漏收了李裕民先生的說法，當補。

阜部應增加陟字

按：阜部應增加陟字。陟字見於《侯馬盟書・字表》339 頁，張頷先生（侯馬東周遺址發現晉國朱書文字〔J〕，文物，1966，2：2），李裕民先生（我對侯馬盟書的看法〔J〕，考古，1973，3：189），曾志雄先生（侯馬盟書研究〔D〕，香港：香港中文大學研究院中文學部博士論文，1993：75）對此字皆有論述。《古文字詁林》漏收了諸位先生的說法及字形，當補。

第十一冊

324 頁羊字

按：此處應增加《侯馬盟書・字表》340 頁羊（[illegible]、[illegible]）字的字形。

738 頁䖍字

按：此處應增加《侯馬盟書・字表》368 頁䖍（[illegible]等）字的字形。郭沫若先生（侯馬盟書試探〔J〕，文物，1966，2：5）、陳夢家先生（東周盟誓與出土載書〔J〕，考古，1966，2：275）和湯余惠先生（侯馬盟書〔M〕，戰國銘文選，吉林人民出版社，1993，9：196～198）對此字皆有論述。《古文字詁林》漏收了諸位先生的說法及字形，當補。

我們在盡可能吸收學術界已有研究成果的基礎上（截至 1997 年底），指出《古文字詁林》所錄侯馬盟書部分存在的主要問題是：漏收了字形、漏收了重要的考釋文章，僅從所收「侯馬盟書」的相關資料看，這些問題比較突出，希望編者能夠有機會增補完善。

（發表於：《池州學院學報》2011 年第 2 期）

五、《古文字譜系疏證》中所收侯馬盟書部分的校訂

《古文字譜系疏證》是第一部全面系統的關於漢字譜系整理與研究的大型

學術專著，它揭示了古文字階段漢字體系內部字際關係，構建了古代漢字的廣義譜系，爲進一步揭示漢字發展演變規律奠定了基礎。由於編纂此書的工程浩大，書中難免出現錯誤。下面對其中所收的侯馬盟書部分進行校訂。爲省減大家翻檢的麻煩，先將《古文字譜系疏證》原文引出，後加按語。

74 頁⿰礻亟

侯馬三二〇，明～覞之

侯馬盟書「～覞」，讀「極視」，參見「亟」。

1789 頁盟

侯馬三一三，～亟覞之；侯馬三四二，及群虖～者

～，從皿，明聲，盟之繁文。見盟字。

侯馬盟書「～亟」，或作「明祀」。見明字。

按：《古文字譜系疏證》中對於「亟（⿰礻亟）」是上讀，還是下讀，在「⿰礻亟」字、「盟」字下論述中自相矛盾。我們認爲陳夢家先生之說可從：「亟（⿰礻亟）」應假爲殛（東周盟誓與出土載書〔J〕，考古，1966，5：275）。故「亟（⿰礻亟）」應上讀，「明殛」，就是「大的、明顯的懲罰。」

83 頁⿸疒克

侯馬三三三，比～

～，從疒，克聲。或加又旁作⿸疒⿰克又。

侯馬盟書～，人名。

333 頁⿸疒興

侯馬三五三，兟～

～，從疒，興聲。

侯馬盟書～，族氏名或人名。

1224⿰蓯阝

侯馬三三八，～

～，從邑，蓯聲。

侯馬盟書～，讀從，姓氏。參蓯字。

按：此處所釋的兟、比、蓯（，所從），見於《侯馬盟書‧字表》355

頁，在盟書中爲一字，故前後隸定應統一。陶正剛、王克林（侯馬東周盟誓遺址〔J〕，文物，1972，4：30）和劉釗先生（璽印文字釋叢（一）〔M〕，古文字考釋叢稿，長沙：嶽麓書社，2005：157～159，亦見：考古與文物〔J〕，1990，2：44～49）將[illegible]釋爲「比」，其說可從。故《古文字譜系疏證》相關之處，均應改爲比或邶。

319 頁每

[illegible]侯馬三〇八，～□

1173 頁豯

[illegible]侯馬三六〇，每～

～，從犬，眾聲。

侯馬盟書～，人名。

按：每、豯在盟書中只出現一次（二〇〇：五八）。豯，在《侯馬盟書・字表・存疑字》377 頁，《古文字譜系疏證》已將其釋爲豯了，其說可從。故「每」字的辭例「～□」應改爲「～豯」。

576 頁鬳

[illegible]侯馬三五三，～

～，從火，從皿，會雙手持鬲在火上加熱注入皿中之意，注之初文，注、鑄音近。《史記・魏世家》「敗秦於注」，正義「注或作鑄。」故古文字䰞（注）可讀鑄。……《說文》「注，灌也。從水，主聲。」

按：此字應嚴格隸定爲䰞，應從《侯馬盟書・字表》釋爲鑄，非注。關於「鑄」字，李孝定先生的《甲骨文字集釋》：「上從兩手持到（倒）皿，（或從鬲，乃形訛。）到皿者，中貯銷金之液，兩手持而傾之範中也。下從皿，則範也。中從火，象所銷之金。」其說可從。

601 頁覵

[illegible]侯馬三三七，明亟～之

～，從見，㔾（𩠐）聲。視之異文。

侯馬盟書「明亟覘（視）之」習見，偶作「明亟～之」，是其確證。𩠐、氏、示均屬定紐，～、覘、視音符互換。

侯馬盟書～，讀視。

按：《侯馬盟書・字表》354 頁：明亟[illegible]之。

《戰國古文字典》213 頁：侯馬三三七，明亟[illegible]之。

[illegible]在盟書中只出現一次（一八五：二），辭例爲「君[illegible]之」。故《侯馬盟書・字表》、《戰國古文字典》、《古文字譜系疏證》中辭例均應改正。

716 頁复

侯馬三三二，～趙佤及其子孫

889 頁肖

侯馬三四六，～弧

～，從月，小聲（或少聲），宵之初文。

戰國文字～，除人名之外多爲姓氏，讀爲趙。

按：佤、弧，在《侯馬盟書・字表》321 頁，在盟書中應爲一字，故前後隸定應統一。字待考。

733 頁⿰糸衮

⿰糸衮　侯馬三五九，～犢

～，從糸，衮聲。右下寸旁爲裝飾部件。

侯馬盟書～，人名。

按：劉釗先生釋爲「牽」，並認爲侯馬盟書的「[illegible]犢」也應讀爲「牽犢」，同古璽長牽犢名字相同（古文字中的人名資料〔M〕，古文字考釋叢稿，長沙：嶽麓書社，2005：372，亦見：吉林大學學報（哲學社會科學版）〔J〕，1999，1：60～69），其說可從。故《古文字譜系疏證》中的「⿰糸衮」應改釋爲「牽」。

889 頁肖

侯馬三四六　～弧

～，從月，小聲（或少聲），宵之初文。

戰國文字～，除人名之外多爲姓氏，讀爲趙。

按：《古文字譜系疏證》已指出肖或從少聲，故此處應補充盟書中從少聲的異體字形：[illegible]一九五：八（3）、[illegible]一九五：八（3）。

1009 頁陑

侯馬三四九，～

～，從阜，豆聲。阧之異文。《集韻》「阧，峻也。或從豆。」

侯馬盟書～，人名，或作隥。隥、～雙聲。

按：此字形盟書只出現一次，比對三：二七（2），疑爲隥之省。故還應從《侯馬盟書・字表》366 頁，將其釋爲「隥」。

1161 頁中

侯馬二九九，～都

殷周文字多在旗杆中間加口、○、▬等表示方位處於正中，指事。

盟書「～都」，地名。《左傳・昭公二年》「執諸～都」，在今山西平遙。

按：，從宀（綴加的無義偏旁）從中，應隸定爲宊，中之繁文。

1282 頁嘑

侯馬三四六，群～盟者

侯馬盟書「～盟」，讀「詛盟」，或「讙盟」。

3703 頁群

侯馬三四一，～嘑盟者

侯馬盟書「～嘑」，讀「～呼」。《谷梁傳・定公十年》「齊人鼓譟而起，欲以執魯君。」范甯集解「～呼曰譟」。

按：《古文字譜系疏證》對於「嘑」是上讀，還是下讀，在嘑字、群字下論述中自相矛盾，《戰國古文字典》（1340～1341 頁群、456 頁嘑）已經出現此錯誤，《古文字譜系疏證》因襲之。我們認爲唐蘭先生之說可從：「嘑」應讀如諱和墟，「嘑」應下讀，「嘑盟」就是破壞盟誓的意思（侯馬出土晉國趙嘉之盟載書新釋〔J〕，文物，1972，8：32）。

1344 頁蠱

侯馬三五三，～

侯馬盟書～，人名。

按：盟書中蠱，只出現一次，爲殘辭「□詛～□」，意不明。

1413 頁廌

侯馬三五一，～君其明亟⿰氏見之

～，從虍，魚聲。疑⿸虍壽之省文。《集韻》「⿸虍壽，細切肉也。」或說虍為疊加音符。

侯馬盟書～，讀吾。

按：⿸虍魚，為雙聲符的字。虍，上古為魚部曉紐；魚，上古為魚部疑紐，曉、疑紐同為牙音、為旁紐，二者又疊韻。

盟書中⿸虍魚，讀為吾。吾，上古為魚部疑紐。吾與魚為雙聲疊韻，吾與虍音近。「⿸虍魚君」，指逝去的先君，這裏指逝去的晉公。

1799 頁⿰弓口

侯馬三二三，～梁

～，從弓，口為分化符號。弓亦聲。～，溪紐；弓，見紐；見、溪均屬牙音。戰國文字多與口旁下加二為飾。

侯馬盟書「～梁」，讀「強梁」，複姓。見《潛夫論》。

按：《古文字譜系疏證》之隸定有誤，應為⿰弓⿱口二。該書 1800～1801 頁強字下：「小篆弘乃⿰弓口之偽變。參⿰弓⿱口二字。」此處⿰弓⿱口二就是指⿰弓口字，故《古文字譜系疏證》字頭⿰弓口字應改為⿰弓⿱口二字。

2039 頁⿰氏見

侯馬三三七，麻夷非～

侯馬盟書～字，從見，氏聲。

盟書～，讀氏。參是字條。

按：⿰氏見字盟書中共出現五次：一：二六（4）、二〇〇：八（10）、一六：二七（11）、七七：四（4）、一五二：五（5），辭例均是「明亟～之」，沒有一例「麻夷非～」。故《古文字譜系疏證》中⿰氏見字的辭例應改為「明亟～之」。

2047 頁⿰鷹攴

侯馬三五〇，巫覡祝史～綐

～，從攴，鷹聲。盟書「～綐」，讀「薦瑞」。

2722 頁綐

[古文字字形]侯馬三四一，𡫵～繹之皇君之所

侯馬盟書「～繹」，猶「紬繹」。《漢書・谷永傳》「燕見紬繹，以求咎愆」，顏師古注：「紬讀曰抽。紬繹者，引其端緒也。」

1544 頁睪

[古文字字形]侯馬三五二，𡫵綐～之皇君之所

侯馬盟書～，或作繹，祭名。詳繹字。

按：此爲三種自相矛盾的說法。𡫵應從郭沫若先生之說：「『𡫵』疑是薦字。」（新出侯馬盟書釋文〔J〕，文物，1972，3：6），《侯馬盟書》發表者進一步說：「𡫵——『薦』字的繁體字，音健（jiàn），進獻祭品的意思。《禮記・月令》：『薦鮪於寢廟。』」（「侯馬盟書」注釋四種〔J〕，文物，1975，5：20，亦見：張頷，陶正剛，張守中，侯馬盟書〔M〕，太原：山西古籍出版社，2006 年增訂本：39，亦見：山西省文物工作委員會，侯馬盟書〔M〕，北京：文物出版社，1976 第一版）。其說可從。

綐應從《侯馬盟書》發表者之說：「綐——通於『綏』、『挼』、『隋』，音隨（suí），謂進獻黍、稷、肺、脊等祭品。《禮記・曾子問》：『不綏祭。』《儀禮・特牲饋食禮》：『祝命挼祭。』注：『挼祭，祭神食也。』《周禮・守祧》：『既祭，藏其隋。』注：『隋尸所祭肺、脊、黍、稷之屬。』」（同上）

繹亦爲祭名，《古文字譜系疏證》之說可從。

綜上所述，《古文字譜系疏證》「𡫵」字的辭例、解說，「綐」字的解說應予以改正。

2453 悊

[古文字字形]侯馬三四八，盟～之言

侯馬盟書「明～」，讀「盟誓」。《左傳・成公十三年》「申之以盟誓。」

按：[古文字字形]在盟書中共出現三次：六七：三，六七：二一處辭例爲「明～之言」；一八五：三處辭例爲：「既～之後」。故此處辭例「盟～之言」應改爲「明～之言」。

2998 頁隊

[古文字]侯馬三〇七，晉邦之～

～，從阜、從豕，豕亦聲。隊之異文。參見「隊」。

侯馬盟書～，讀作墜。隊與墜定紐雙聲，脂歌旁轉。

按：阹從其在盟書中的辭例「晉邦之～」來看，應爲「墜」之省。故還應從《侯馬盟書・字表》324 頁，將其釋爲「墜」。

2508 頁奐（𡗝）

[古文字]、[古文字]侯馬三二三，而敢或䝿改助及～

侯馬盟書～，讀換。

按：盟書中奐（𡗝），唐蘭先生之說可從：奐（𡗝），人名，是守二宮的二人之一（侯馬出土晉國趙嘉之盟載書新釋〔J〕，文物，1972，8：32）。奐（𡗝）、換均見於《說文》，奐（𡗝）沒有必要讀爲換。

2745 頁鄄

[古文字]侯馬三三八，勿～兄弟

～，從邑，䙴（或要）聲。

盟書～，讀遷。

按：《古文字譜系疏證》辭例有誤：鄄，在盟書中只出現一次（九一：一），爲宗盟類參盟人名。盟書中「勿～兄弟」之～，均爲䙴。故《古文字譜系疏證》中鄄字的辭例只能是：鄄。

3043 頁遳

[古文字]侯馬三二一，麻～非是

～，從彳，坴聲，古徒字。

侯馬盟書～，讀作夷。參見「夷」。

按：《侯馬盟書・字表》：麻遳非是，[古文字]二〇三：九

《戰國古文字典》1239 頁：侯馬三二一，麻遳非是

侯馬盟書遳，讀夷。見夷字。

《侯馬盟書・字表》、《戰國古文字典》、《古文字譜系疏證》皆說此字出自二〇三：九。可二〇三：九，在盟書中沒有圖版和摹本。今查[古文字]編號應爲二〇二：九。故以上三書相關之處均應改正。

3229 頁出

侯馬三〇三，～入

侯馬三二四，不顯～公

侯馬盟書「～入」，讀作「～納」，見前。侯馬盟書「～公」，即晉～公，見《史記・晉世家》。

金文例一至五「～入」，讀作「～納」。《書・舜典》「命汝作納言，夙夜～納朕命。」孔傳「納言，喉舌之官。聽下言納於上，受上言宣於下。」

按：字，爭議很大，釋「出」可疑。

3835 頁圾

侯馬九二，～庶子

～，從土，及聲。《集韻》「岌，危也。《莊子》殆哉岌岌乎。或從山，或作～。」

侯馬盟書～，讀及，連詞。

1528 頁庶

侯馬三五八，及～子

按：，《侯馬盟書・字表》將其下部「土」字併入其下字「庶」字頭上，非是，故沒有收錄圾字。《戰國古文字典》1373 頁對此予以了糾正，頗具遠見卓識。但《戰國古文字典》對圾字編號發生了錯誤，圾應在《侯馬盟書》圖版九二：四四，非九二。《古文字譜系疏證》亦應改正。

1528 頁「及庶子」之及，應為圾，前後隸定應統一。

4049 頁⿱竹⿱鹵皿

侯馬三五一，～

～，從竹，⿱鹵皿聲。

侯馬盟書～，人名。

按：趙平安先生將⿱竹⿱鹵皿釋爲簟，（趙平安，戰國文字中的鹽字及相關問題研究〔J〕，考古，2004，8：56～57），其說可從，《古文字譜系疏證》應予以改正。故⿱竹⿱鹵皿還是應從《侯馬盟書・字表》368 頁的編排，放入簟字頭下。

我們在盡可能吸收學術界已有研究成果的基礎上，指出《古文字譜系疏證》所錄侯馬盟書存在的問題。究其原因主要有：一、受工具書的影響。過分信任工具書，沒有去核對原拓，以致於導致了誤釋。二、工作量大、手工操作，檢索、查看不便，導致了前後矛盾。儘管該書存在一些問題，但不影響我們對它的使用。我們指出這些問題，目的就是讓此書更好的發揮它的作用。

（發表於：《鄭州師範學院學報》2013 年第 5 期）

六、秦代「書同文」的前奏與實現——論先秦幾種重要石器文字在漢語規範化中的作用

東漢許慎在《說文解字・序》中說：「蓋文字者，經藝之本，王政之始。前人所以垂後，後人所以識古。」意思是：「漢字，是經史子集的根本，是治理國家的基礎。是前人流傳給後人的載體，是後人認識前人的工具。」這句話強調了文字的重要性。我國漢字已有幾千年歷史了，然而，在流傳過程中，發生了簡化、繁化、訛化、同化等現象，出現了不少古今字、異體字、生僻字。爲了提高文字爲社會需要服務，使人們儘量準確無誤地互相傳遞資訊，交流思想感情，就必須要促使漢字的規範化。所謂漢字規範化：「就是爲漢字本身及其社會應用確定正確的、明確的標準，把那些符合文字發展規律的成分和用法固定下來，加以推廣；對不符合漢字發展規律的和沒有必要存在的歧異成分及用法，根據規範要求，妥善地加以處理。」〔註 40〕漢字規範化是漢語規範化的重要內容之一，此外，漢語規範化還包括語音、語法的規範化，文體格式和標點符號的正確使用等。毋庸置疑，漢語規範化程度是我們中華民族、乃至我們國家文化強弱的標誌之一。從我國歷史上看，爲了適應交際的需要，規範化是人類進入文明殿堂以後不久就開始的一種社會行爲，並且隨著社會生產力的發展而發展。

何琳儀先生在《戰國文字通論》中說：「嚴格意義上講，通常所說的石刻文字應稱之爲石器文字。大量的侯馬盟書、溫縣盟書都是直接用筆書寫在玉片和石片上的文字，它們與石鼓文之類的石刻文字都應通稱爲石器文字。」〔註 41〕

〔註 40〕艾紹潔，淺談社會用字的規範化〔J〕，西寧：攀登，2007（2）：166。

〔註 41〕何琳儀，戰國文字通論〔M〕，北京：中華書局，1989：19。

可見石器文字是指刻或寫在石器、玉器上的文字，所以又稱玉石文字。根據出土文物和史料記載，我國早在商代就有了石器文字。《墨子》一書中提到「又恐後世子孫不能知也，故書之竹帛，傳遺後世子孫；咸恐其腐蠹絕滅，後世子孫不得而記，故琢之盤盂，鏤之金石，以重之。」〔註 42〕可見春秋戰國時期石刻文獻與簡帛文獻、金文文獻一樣，使用較爲普遍。石器文字在古代大興的原因是：一方面，社會歷史文化的發展，要求書寫材料和書寫工具的變革。刻石具有取材容易，傳世久遠，便於保存等優點，彌補了青銅器需要鑄造、易腐蝕、容字有限之不足；另一方面，石器文字具有的公佈性，適應了統治階級輕名器、重功利的需要。大凡記功頌德、頒佈憲令、誓盟立約等重大事件，都要刻石述事，昭示未來。

中國石器文獻數量龐大，內容豐富，獨具特色，有很高的價值。很多紀事刻石可證經補史。今天，雖然許多石器文獻早已蕩然無存，或因年代久遠，刻字湮滅，但是作爲一種書籍形式—石書卻給中國書史留下了輝煌的一頁。那些極少的，至今倖存的各代石器文獻，爲我們研究古代史籍和書史提供了豐富的可證史料，同時也是研究文字字體演變的最好實物例證。

秦代的「書同文」是歷史上有明文記載的一次大規模文字規範化運動。這次「書同文」工作的結果是：六國文字異形的歷史基本宣告結束，小篆成爲漢字定型的形體。這次「書同文」工作的意義有：它是古文字長期發展的終結，啓示了文字發展的新時代，從而爲漢字系統的最後定型—楷書奠定了基礎。因爲小篆之後，古文字即發生了隸變。隸變，又稱爲隸定，是漢字由小篆演變爲隸書的過程，大約發生在秦漢之間，是漢字發展的轉捩點，是古今文字的分水嶺。

本文試以先秦時期幾種重要的石器文字爲例來談談古文字階段漢語的規範化，以求對秦代「書同文」有一個更清晰的認識，對制定現今的漢語規範化的標準有所啓示。

（一）侯馬盟書

侯馬盟書是寫在玉石片上的墨書文字，內容是春秋末期晉國世卿趙鞅同卿大夫間舉行盟誓的約信，屬於晉國的官方文書。侯馬盟書及其反映的歷次盟誓，

〔註 42〕〔清〕畢沅校注，吳旭民標點，墨子〔M〕，上海：上海古籍出版社，1995：111。

具有極高的價值，是戰國石器文字最重要的資料之一。因此，侯馬盟書的發現立即震驚了考古界、歷史界、文字學界、甚至書法界。侯馬盟書是半個世紀以來中國十項重大考古成果之一，已成爲國寶級的文物。〔註 43〕

侯馬盟書的文字異形現象比較突出，主要的原因有：一是從字體上看，如筆劃的增省（如：趙爲肖）、構件的換用（如：則的刀旁變爲戈）等。二是從語義上看，即張頷先生所說的「義不相干而爲音假（如：氏爲是）。」〔註 44〕三是從盟書用途上看，古代盟誓時所寫的盟書都是一式兩份，一份藏在掌管盟書的專門機構——盟府裏，作爲存檔；一份祭告於鬼神，要埋入地下或沉入河中。侯馬盟書便是埋在地下的那一份。其實宗周末期，秩序已撼，仁義始喪，禮崩樂壞之際象已然開始突顯，雖「歃血爲盟，指河爲誓」，但結果卻是「口血未乾，匕首已發」，「國之大事，惟祀與戎」，〔註 45〕故對於此徒具形式的檔案，書寫者草率是情理之中的事。但我們不能因此抹殺了侯馬盟書作爲官方文書在漢語規範化中作出的貢獻：

（一）遵從了誓辭文體格式。誓辭在春秋時代是一種常用的應用文體，一份完整的盟書，它的內容大概有敘辭（日期和立誓者等）、誓辭、詛辭等。侯馬盟書可讀的 656 件中，都遵從了規範的誓辭文體格式，內容上往往只是人名（立誓者）發生了更改。客觀上看，書寫者的草率並沒有影響盟書的閱讀。

（二）運用了標點符號。盟書中用「_」作爲句標出現了四十餘處，它的作用主要有四種：1、細小一點的用於句子中間，表示短暫的停頓，相當於今之逗號，如「某敢不剖其腹心以事其宔_」、「及其子孫_」、「改亶及奐_」。2、粗大一點的用於誓文之末，表示文意的完結，相當於今之句號，如「麻夷非氏_」。3、合文符號，如「子孫=」、「邯鄲=」、「之所=」。4、重文符號，如「君所=」。

張頷先生曾說道：「侯馬盟書所揭示的晉國文字的混亂現象，它必然防礙著當時文化的普及和提高，也阻礙著各國之間文化的交流。」〔註 46〕我們認爲張先生恐怕還是主觀上誇大了釋讀侯馬盟書的難度，因爲文中「敢」、「嘉」各有

〔註 43〕張頷，陶正剛，張守中，侯馬盟書〔M〕，太原：山西古籍出版社，2006 年增訂版：3。

〔註 44〕同上：16。

〔註 45〕楊伯峻，春秋左傳注・第二冊〔M〕，北京：中華書局，1981：861。

〔註 46〕張頷，侯馬盟書叢考續〔C〕，北京：中華書局，1979：99。

100 多個異體，我們還是把它釋讀了出來。另外，盟書具備了統一規範的格式和正確的句讀，這並不防礙盟書的實際交際用途。可見，語言文字系統是一個整體，某一要素的規範化對其他要素具有補充作用。

（二）行氣玉銘

行氣玉銘，又稱劍珌、刀珌、玉刀珌，現今珍藏在天津歷史博物館。行氣玉銘記載了一次氣功運氣過程，是一件堪稱國寶的古代玉器。

行氣玉銘，爲十二面楞的柱狀體，在十二個面楞上，每面刻有三個古文字，全部銘文共四十五個字，其中有九字重文。銘文字體方正規整，當出於晚周三晉人之手。銘文刀法嫻熟，文字精工，堪稱書法作品中的上乘之作。〔註 47〕

這種學習書法的風氣對規範書面用字、包括書法藝術，產生了久遠的影響：一是書家的寫字，不只是個人的藝術行爲，還具有規範社會用字的導向作用。歷史表明：只是在國家分裂、社會動亂的時期，書法家更多地追求通過書法藝術表達自己的思想情趣，而較少關注社會用字；只要在國家統一、文教發達時，書法家就會意識到自身的社會責任，並自覺參與社會用字規範。如漢末的三體石經，就是由當時著名書法家蔡邕等人主持刻寫的，目的是「詔定五經，刊於石碑，從而開始了中國歷史上第一次碑刻經書、規範文字的偉大工程」；還有如「唐代書家參與制定文字標準，率先垂範，楷正可觀，奠定了楷書正體的歷史地位，影響至於今日。」〔註 48〕二是使兒童自幼養成良好的寫字習慣，正確辨析文字形音義，從而使規範化意識可以貫徹終生，根本上杜絕了社會用字的混亂。

（三）石鼓文、詛楚文、秦駰玉版。

1. 石鼓文。石鼓文現存北京故宮博物院。石鼓文是指春秋、戰國時期秦國刻在石鼓上的一種文字，是我國收藏年代最早的石刻檔案。每個石鼓上刻有四言韻文的詩一首，內容主要是歌頌貴族的畋獵遊樂生活，又稱「獵碣」（碣，特立之石，方爲碑，圓爲碣）。現今的石鼓文實有 321 字。

〔註 47〕張光裕，玉刀珌銘補說〔C〕，中國文字・第十二卷，臺北：國立臺灣大學文學院中國文學系編印，1967～1974：5743～5752。

〔註 48〕李建國，漢語規範史略〔M〕，北京：語文出版社，2000：77，84。

狹義的大篆只指：「春秋戰國時代秦國的文字。大篆一般以籀文和石鼓文爲典型代表。」〔註 49〕石鼓文是大篆的形體結構，特點有：一部分結構繁複，近似金文，上與周宣王時代的《虢季子白盤》等銘文相接；另一部分結構比較簡單，接近小篆，下與秦始皇時代的《泰山刻石》等小篆相通。石鼓文是上承金文、下啓小篆的過渡形體，大體可以看做是春秋、戰國間的秦國莊重文字。秦始皇統一六國而頒行的小篆，正是以這一派字體爲基礎的。

2. 詛楚文。詛楚文是戰國中後期秦國的石刻文字，其內容是祭神時對楚國的詛咒。原石出土三塊，三石文句大體相同，後來人們根據所祀神名的不同，分別稱爲《巫咸文》（382 字）、《大沈厥湫文》（318 字）、《亞駝文》（325 字）。

詛楚文的字體接近小篆。其中《大厥湫文》318 字，與小篆同者占總數的95%，僅有 15 字不同或不見於今本《說文解字》所收的小篆。該文作於秦惠文王后元十三年、楚懷王十七年（前 312），距秦統一還有九十多年。〔註 50〕

小篆起於戰國末期，後經李斯等人整理改造，曾被秦王朝用來統一全國文字。

3. 秦駰玉版。該玉版作一式兩份，每版兩面都有文字，或鐫刻，或朱書。人們習慣把居右的玉版稱爲 A 版，把居左的玉版稱爲 B 版。文中記述秦莊王駰有病，乃禱告於華大山明神，得其保佑，使病體日復。該文近 300 字，對研究秦人禮俗及秦文字演變，極有意義。其內容之重要，當不在《詛楚文》之下。〔註 51〕

從文字風格來看，玉版 A 和 B 正面不盡相同；相對而言，A 版的隸書意味濃一些，B 版是比較規整的小篆。黃伯榮、廖旭東等先生認爲：「秦隸又叫古隸，是秦代運用的隸書。秦代篆、隸並用，小篆是官方運用的標準字體，用於比較隆重的場合；秦隸是下級人員用於日常書寫的字體。秦隸是從具備象形特點的古文字演變爲不象形的今文字的轉捩點，在漢字發展史上具有劃時代的意義。」〔註 52〕

〔註 49〕黃伯榮，廖旭東，現代漢語〔M〕，北京：高等教育出版社，2007：141。

〔註 50〕姜亮夫，詛楚文考釋〔J〕，蘭州：蘭州大學學報，1980（4），54～71。

〔註 51〕曾憲通，楊澤生，蕭毅，秦駰玉版文字初探〔J〕，西安：考古與文物，2001（1）：53。

〔註 52〕黃伯榮，廖旭東，現代漢語〔M〕，北京：高等教育出版社，2007：141。

從石鼓文、詛楚文、秦駰玉版的銘文中，我們看到了古文字形體的演變過程：從大篆到小篆，甚至看到今文字隸書的萌芽。

（四）秦代刻石和秦代「書同文」的實現。

秦統一中國後，進行了一次大規模的「書同文」文字規範化運動。爲了改變全國「言語異聲，文字異形」的狀況，秦代「書同文」的具體做法有以下幾條：

1. 有官方制度。秦始皇統一天下後，於二十六年（前221年）下了詔書，詔曰：「一法度衡石丈尺。車同軌。書同文字。」〔註53〕

2. 有施行的具體措施。

（1）《說文解字・序》：「秦始皇帝初兼天下，丞相李斯乃奏同之，罷其不與秦文合者。」從中可得知，當時有規範漢字的統一要求。

（2）確定小篆爲規範字體。小篆，與大篆相對而言，指秦始皇統一中國後實行「書同文」政策而頒行的規範字體，又稱秦篆。篆書之名始於漢代，其得名之緣由，郭沫若先生是這樣認爲的：「施於徒隸的書謂之隸書，施於官掾的書便謂之篆書。篆者掾也，掾者官也。漢代官制，大抵沿襲秦制，內官有佐治之吏曰掾屬，外官有諸曹掾史，都是職司文書的下吏。故所謂篆書，其實就是掾書，就是官書。」〔註54〕可見，郭先生認爲篆書是相對隸書而言的，大篆、小篆皆是當時的官方文字。

將「書同文」以前的漢字與小篆相比較，可以推知，當時確定小篆形體方面的做法大致有：「（1）固定偏旁寫法。（2）確定偏旁的位置。（3）廢除異體異構。（4）統一書寫筆劃。」〔註55〕小篆的特點有：（1） 比較全面地保留了漢字的寓義於構形的本質特徵。（2） 文字形體定型化，減少了異體字。（3）字形象形程度進一步降低，進一步符號化。（4）結構上更多使用「形聲相益」的方式。「形聲字在甲骨文中已有260多個，占已識字的28%強。到了金文，特別是東周時期，也只增長到 50%以上。但漢代許愼撰的《說文解字》，其中形聲字已

〔註53〕〔漢〕司馬遷，史記〔M〕，北京：中華書局，2006：44，同上：265。

〔註54〕郭沫若，奴隸制時代〔M〕，北京：人民出版社出版，1954：265。

〔註55〕高明，略論漢字形體演變的一般規律〔J〕，西安：考古與文物，1980（2）：118～125。

占 80%以上。」〔註 56〕從文字的發展看，小篆是古文字階段的最後一種字體，是古文字通向今文字的橋樑。要研究古文字，要探究漢字的淵源，必須利用小篆，所以它的歷史地位是十分重要的。

（3）編制範本。《說文解字・序》:「斯作《倉頡篇》，中車府令趙高作《爰曆篇》，太史令胡毋敬作《博學篇》，皆取《史籀》大篆，或頗省改，所謂小篆者也。」以上字書統一了經典字形，由此相繼產生了一批辨析異俗、匡正訛誤、統一字形的「字樣」之書，它們不僅是教學童的課本，也是「書同文」正文字的範本。它們的問世，起到了規範漢字的作用。

（4）統治者的以身作則。現在能見到的小篆，除《說文解字》中保留的 9353 個以外，還有秦代刻石。秦始皇出巡，曾到嶧山、泰山、琅琊、芝罘、東觀、碣石、會稽等地巡視，每到一處，都會「立石刻，頌秦德，明得意」。〔註 57〕秦二世也巡視各地，在秦始皇所立刻石上加刻詔書和隨從官員姓名。現存的秦刻石和琅琊台刻石共 1874 字，各刻石相傳均爲李斯以小篆書寫。〔註 58〕

從以上我們可知，李斯等人是以秦國原有文字作爲統一的標準，首先廢除一切與秦文不同的俗體、異構，只保留其中與秦文字一致的部分；然後通過《倉頡篇》等字書，寫出標準字體—小篆的樣板，廣布天下而推行的。

秦代「書同文」得以實現，我們除了看到政治力量對漢字規範化的巨大力量以外，我們還應看到知識份子的作用：古代「學而優則仕」，深受儒家、法家思想影響的知識份子從政後，往往具有「不以規矩不能成方圓」的道德信念，他們在行爲中表現爲修身養性、正統扶正、規範鐵律、恪遵功令。最終，語言文字的規範化意識滲入知識份子的骨髓，外化爲文人的一種自覺行爲，成爲從政後的知識份子們終身的勞作、事業和信念之一。

雖然說「秦始皇帝統一文字是有意識地進一步的人爲統一」。〔註 59〕但是我們還是要看到語言文字發展之規律在其中的促進作用。秦代的「書同文」在秦代短暫的十幾年間得到很好的貫徹，其實有語言文字發展的自身要求。如當時

〔註 56〕江學旺，《說文解字》形聲字甲骨文源字考〔J〕，長沙：古漢語研究，2000（2）：2。

〔註 57〕同上：9。

〔註 58〕李文放，秦始皇巡遊紀功七刻石淺解〔J〕，北京：漢字文化，2008（1）：95、96。

〔註 59〕郭沫若，奴隸制時代〔M〕，北京：人民出版社出版，1954：267。

文字形體的刪繁趨簡，大篆已演變爲小篆；書寫材料和書寫工具的變革等，都促進了秦代「書同文」的出現。

秦始皇利用政權的力量推行小篆，對古漢字進行了一次全面的整理、加工和改造，第一次使官方正式字體實現了規範化，很快結束了長期以來「文字異形」的局面。這世代相傳的統一的規範化文字對增強漢字的社會職能，對增強國家的統一和民族的團結，對促進社會經濟和文化的發展，無疑是極爲有益而功不可沒的。因爲秦統一後曾出現過南北朝等政治分裂局面，但語言文字始終是統一的。

綜上所述，我們知道，從侯馬盟書的文書格式和標點符號使用中，我們可看到語言文字內部諸要素的相互作用對漢語規範化的補充。從行氣玉銘的書法藝術中，我們可知書法文化在漢語規範化中的地位和作用，它具有規範社會用字的導向作用；此外，還可以培養兒童自幼養成良好的寫字習慣和規範化意識。從石鼓文、詛楚文、秦駰玉版中，我們可看到古文字形體的更迭，爲秦代規範化字體小篆的出現作了鋪墊。從秦代刻石中，我們可看到政治力量、文人自覺意識和語言文字發展規律對漢語規範化的促進。

（五）先秦幾種重要石器文字在漢語規範化中的作用的啟示。

以上眾多的漢語規範化力量，我們可分爲社會性力量和科學性力量。王甯先生指出：「科學性指的是漢字的自然規律，包括它的結構規律、演變規律、互相關聯的規律和自成系統的規律，這種內在的規律是客觀的。社會性指的是漢字在使用時受社會制約的人文性，語言文字是符號，但不是單純的數理符號，它是在人文社會中被全民使用著也改變著的符號。漢字的通行度、社會性分佈和人爲調整的可能性，都是它社會性的反映。科學性與社會性二者是互相制約的，而社會對漢字的人爲調節，無論如何不能違背它自身的規律。」〔註 60〕秦代「書同文」得以最終實現，一方面是適應了漢字使用的社會需求，另一方面是遵循了語言文字自身的特點及其發展、應用的內在規律；也就是漢語規範化的社會性力量和科學性力量共同發揮作用、辯證統一的結果。

語言文字是向前發展的，漢語規範化的具體標準也有個與時俱進的問題。當前，制定漢語規範化的標準仍然是令我們揪心的一件事，王甯先生說：「規範

〔註 60〕王寧，論漢字規範的社會性與科學性〔J〕，北京：中國社會科學，2004（3）：171。

漢字成爲法律規定的使用文字。但是，規範漢字究竟指的是什麼，還沒有一個十分明確的內涵。規範是一個一旦提出便一瀉千里的大衝擊波，一管就是幾十年。在我們用國家法律職能規定全國人能寫什麼字不能寫什麼字的時候，一旦有了失誤，不但會影響全國甚至是全世界人在漢語領域的語文生活，還會影響中國文化發展的速度和品質，這難道不令我們有所憂懼嗎？」〔註 61〕我們認眞研究秦代的「書同文」問題，對制定現今的漢語規範化的標準肯定會有所啓示。

（發表於：《學術界》2010 年第 9 期）

七、從神靈世界向現實世界的演變——從出土文獻的盟誓文書中看神靈崇拜的式微與革新

中國傳統文化深刻而久遠，盟誓文化是其中重要的組成部分，它普遍存在於人類社會的經濟、政治、軍事、文化、觀念和信仰等領域中。關於盟誓，《說文解字》載：「《周禮》曰：『國有疑則盟。』諸侯再相與會，十二歲一盟。北面詔天之司愼、司命。盟，殺牲歃血，朱盤玉敦，以立牛耳。」這句話從制度層面和儀式層面揭示了周代盟誓文化的兩個含義。《禮記．曲禮》：「約信曰誓，涖牲曰盟。」〔註 62〕這句話道出了盟與誓的區別，只是在用牲和不用牲方面。《漢書．高帝紀》：「與功臣剖符作誓，丹書鐵契，金匱石室，藏之宗廟。」〔註 63〕此句話告訴我們，在此盟誓中，漢高帝與諸功臣既盟且誓。盟而兼誓者，爲上古最常見的締約形式。

神靈崇拜是原始宗教活動中一項十分重要的內容，也是發生時間較早、流行時間較長、分佈區域較廣的重要崇拜形式。先人們認爲神靈支配著自然，支配著自身，所以先人們往往用修建神廟、祭祀等來表達他們對神靈的虔誠與信仰；先人們還認爲神靈是人類最高的證見者和執行者，他的權威爲全人類恐懼和敬信。盟誓是以神靈崇拜爲思想基礎的，其功利性特徵主要表現爲向神靈祈福消災、趨吉避凶等，以求得心理平衡的占驗效應。而先人們對神靈崇拜的態度變化在盟誓文化中也集中體現了出來。

〔註 61〕同上。

〔註 62〕〔清〕阮元，十三經注疏，禮記正義，曲禮〔M〕，北京：中華書局，2003：1266。

〔註 63〕〔漢〕班固，漢書．高帝紀〔M〕，北京：中華書局，1983：81。

出土文獻相對於傳世文獻來說，它雖然字數不多，數量較少，但它記載的往往是重大的事件，對史料等有極大的佐證作用，從而在思想史等領域佔有非常重要的地位。以思想史的發展爲例，歷代對經典的詮釋存在著失真，思想史發展的線條被簡化了，如：在孔子到孟荀之間儒學發展的歷史，傳世的文獻無法證明，在哲學史上稱爲「失落的儒學史」，〔註 64〕而郭店楚簡的《性自命出》、《六德》、《語叢一》〔註 65〕等篇，論述了儒家「六經」之學的形成與傳授，恰好填補了這項空白；在古代民間思想研究和先秦學派的劃分等諸多方面，出土文獻都有不可取代的重要意義，如：關係著儒、道原則分歧的「聖」、「仁」、「義」，在郭店楚簡中分別作「辯」、「爲」、「作」，簡中的許多論述將儒道術語自然地融合在一起，由此可見：儒、道兩家之間當初並非絕然對立、水火不容，近代研究思想史的人所闡述的儒、道關係，很可能只是戰國後期以來的儒、道關係，而不是早期儒、道關係的實況〔註 66〕……很多爭訟不息的懸案，在新出土文獻面前得到解決。

李學勤先生說：古文字學有以下四個分支，每一分支都可稱爲專門之學，分別爲：甲骨文，青銅器銘文，戰國文字，簡帛文字。〔註 67〕本文試以古文字學的四個分支中重要的盟誓出土文獻爲例，來探討神靈崇拜的起源、發展、式微和革新，以求光大盟誓文化的內容，傳承盟誓文化的精神，從而使其成爲凝聚愛國意識、民族意識的強大力量。

（一）甲骨文獻

甲骨文是指刻寫在龜甲、獸骨上的文字，目前發現的主要發掘於殷墟。殷墟是我國商朝後半期的國都廢墟，位於今河南省安陽市西北郊小屯村一帶，商朝第十二位國君盤庚約於西元前 1300 年遷都於此，周武王滅商之後，變爲廢墟。試看一組甲骨文獻：

1，癸巳，彝文武帝乙宗。貞：王其卲　成唐，鼎祝二女，其彝盟羝三、豚三。惟有正！〔註 68〕

〔註 64〕http：//www.view.sdu.edu.cn/news/news/xsjt/2008-11-25/1227597460.html.

〔註 65〕荊門市博物館，郭店楚墓竹簡〔M〕，北京：文物出版社，2005：59，67，75。

〔註 66〕杜澤遜，文獻學概要〔M〕，北京：中華書局，2008：356。

〔註 67〕李學勤，古文字學初階〔M〕，北京：中華書局，1985：6-7。

〔註 68〕樓宇棟，卦畫探源——周原出土甲骨上卦畫初探〔J〕，文物，1979（10）：39。

本段大意是：癸巳日商王在文武帝乙宗廟內舉行彝祭，祭祀戰神成唐，意欲發動戰爭，用二女、三頭羊和三頭家豬作供物。周人獲知這一情報以後，心有疑慮而卜問吉凶，並且向神靈表示：「惟有正！」按：周人志在伐商，必定密切關注商王室的一舉一動，獲悉商王祭祀戰神，意欲對周採取行動，周人便向神靈卜問吉凶。

從本段文獻中，可看出當時盟誓：有固定的場所，有一定的儀式和規模，把神靈作爲決策者—惟有正。惟有正，即「惟龜正之」，意思就是取正於龜，由龜靈來決定，表示對龜卜的絕對信從。郭沫若先生說：「奴隸制時代的殷王朝是十分迷信的，當時統治階級的思想中已經早有至上神的觀念存在了」，〔註69〕由此可見是完全正確的。

從甲骨文獻中可看出我國宗教的起源和成熟。按照英國人類學家弗雷澤（F，G，Frazer）的觀點：「宗教包含理論和實踐兩大部分，就是：對超人力量的信仰，以及討其歡心，使其息怒的種種企圖。這兩者中，顯然信仰在先，因爲必須相信神的存在才會想要取悅於神。」〔註70〕先民們起先呼喚一種超人力量的出現來戰勝自然、矯正自然，隨後將這一超人物態化—即神，對其頂禮膜拜，祈求呵護。及至宗廟郊社制度興起，神主從郊野移至廟堂華屋，從而漢字「宗」（廟宇）、「宔」（神主）產生了。甲骨卜辭可看成先民們在廟宇上尋求神靈幫助的記錄。盟誓和宗教習俗相互滲透、相互影響，由此形成了一種具有極強功利目的的文化景觀。

（二）金文文獻

金文指鑄刻在金屬器皿上的文字，商代已經出現，西周時期最爲常見。從時限上說，金文和甲骨文有交叉，通常認爲甲骨文的出現略早於金文。因出土的有銘文的金屬器皿多爲鍾鼎，故又名「鍾鼎文」。因鍾鼎等是古代常用的祭祀用器（稱彝器、禮器），故又名「彝器銘文」。

古代的文化到了周代便蓬勃地發展起來了，無論典籍或文物都異常豐富。孔子說：「鬱鬱乎文哉，吾從周」，〔註71〕的確，和甲骨文相比較，周代長篇大

〔註69〕郭沫若，奴隸制時代〔M〕，北京：人民出版社，1973：249。

〔註70〕〔英〕弗雷澤（F. G.Frazer），金枝〔M〕，北京：中國民間文藝出版社，1987：91。

〔註71〕〔清〕阮元，十三經注疏，論語注疏，八佾〔M〕，北京：中華書局，2003：2467。

作的銘文時有出現。下面是盟誓銘文中的一句慣用套語：

2，敬厥盟祀，用祈眉壽……〔註 72〕

大意是：用（祭器）來祭祀、盟會，祈求長壽……

這是一句禱告用語。禱告是向神祈求保佑，禱告是主動和超自然的力量溝通來讚美、祈求、懺悔、或者僅僅是表達自己的思想或願望。禱告的物件分爲神靈、亡靈等。禱告使用靜默、言語或者歌唱來表達，如：《全唐文》中收錄了一篇吳融爲唐昭宗所寫的祈求國泰民安的道教禱告文《上元青詞》。〔註 73〕

在中國封建社會，規模最大的禱告活動是封禪，封爲「祭天」（多指天子登上泰山築壇祭天），禪爲「祭地」（多指在泰山下的小丘除地祭地）；即古代帝王在太平盛世或天降祥瑞之時的祭祀天地、爲天下蒼生祈福的大型典禮。

現在世界上的主要宗教都有禱告的儀式，進行禱告儀式的場合叫做禮拜。如：每年在伊斯蘭教曆的第 12 個月，數以百萬計的穆斯林都會聚集在沙特的麥加，參加一年一度的朝覲。這些各種膚色、各個年齡段的穆斯林來自世界的每一個地方。朝聖期間，他們聚集在「聖城」麥加周圍，一起祈禱，一起吃飯，一同學習。「麥加朝聖」是每年伊斯蘭教最盛大的宗教活動。

（三）戰國文獻

戰國文字載體很多。侯馬盟書是寫在玉石片上的墨書文字，內容是春秋末期晉國世卿趙鞅同卿大夫間舉行盟誓的約信，屬於晉國的官方文書。侯馬盟書及其反映的歷次盟誓，具有極高的價值，是戰國石器文字最重要的資料之一。因此，侯馬盟書的發現立即震驚了考古界、歷史界、文字學界、甚至書法界。侯馬盟書是半個世紀以來中國十項重大考古成果之一，已成爲國寶級的文物。〔註 74〕

試看下面一份完整誓辭的文體構成：

3，（1）某敢不剖其腹心以事其宔，而敢不盡從嘉之明，定宮、

〔註 72〕中國社會科學院考古研究所，殷周金文集成釋文．第二冊〔M〕，香港：香港中文大學出版社，2001：377。

〔註 73〕〔清〕董誥，全唐文．820 卷．上元青詞〔M〕，北京：中華書局，1983 年，8643。

〔註 74〕張頜，陶正剛，張守中，侯馬盟書〔M〕，太原：山西古籍出版社，2006 年增訂版：3。

平疇之命，而敢或弁改亶及奐，卑不守二宮者，而敢有志復趙尼及其子孫於晉邦之地者，及群虖盟者，（2）吾君其明亟視之，麻夷非氏。〔註 75〕

誓辭在春秋時代是一種常用的應用文體，一份完整的盟書，它的內容大概有敘辭（日期和立誓者等）、誓辭、詛辭等。侯馬盟書可讀的 656 件中，都遵從了規範的誓辭文體格式，內容上往往只是人名（立誓者）發生了更改。上文例句中敘辭已經承前省略，第一部分爲誓辭，第二部分爲詛辭。

詛辭「明亟視之，麻夷非氏」的意思是：大的、明顯的懲罰加示與我，直至滅亡了我的氏族。詛祝就是祈求鬼神加禍於敵對的人，如《尚書‧無逸》：「否則厥□詛祝」。孔穎達疏：「詛祝，謂告神明令加殃咎也，以言告神謂之祝，請神加殃謂之詛。」〔註 76〕詛祝在原始社會已很盛行，古人認爲以言語詛咒能使仇敵個人或敵國受到禍害。

詛咒是巫蠱的主要方式之一。巫蠱是用以加害仇敵的巫術，起源於遠古，包括詛咒、射偶人（偶人厭勝：偶人，一種製成人形的雕像或塑像。厭勝：古代一種巫術，謂能以詛咒制勝，壓服人或物。）和毒蠱等方式。隨著時間的推移，詛咒成爲巫蠱中最流行的方式。詛咒在原始社會已很盛行，古人認爲以言語詛咒能使仇敵個人或敵國受到禍害。

（四）簡帛文獻

簡，指簡牘，簡是竹或木製成的長條，牘則是木製的方版；帛是絲織品。《晏子春秋》：「著之于帛，申之以策，通之諸侯。」〔註 77〕《墨子‧明鬼》：「又恐後世子孫不能知也，故書之竹帛，傳遺後世子孫；咸恐其腐蠹絕滅，後世子孫不得而記，故琢之盤盂，鏤之金石，以重之。」〔註 78〕可見春秋時期已經有帛書出現了。歷史上簡策出土屢見記載，《雲夢秦簡》就是其中重要的一種。

《雲夢秦簡》是 1975 年出土於湖北雲夢縣睡虎地十一號秦墓，從一千一百

〔註 75〕同上：182。

〔註 76〕〔清〕阮元，十三經注疏，尚書正義，無逸〔M〕，北京：中華書局，2003：222。

〔註 77〕李萬壽，晏子春秋全譯．卷七．第二十四〔M〕，貴陽：貴州人民出版社，1995：368。

〔註 78〕〔清〕畢沅校注，吳旭民標點，墨子〔M〕，上海：上海古籍出版社，1995：111。

五十五枚竹簡中推斷出墓主爲秦獄吏喜，簡文內容主要是法律、行政文書及關於吉凶時日的占書。其中的《日書甲種》就包含詰咎等盟誓文書。從中我們可看出：

4，反簡 843：「凡鬼恒執算以入人室，曰：『氣（餼）我食』云，是餓鬼。」〔註 79〕

5，反簡 867：「鬼嬰兒恒爲人號曰：『鼠（予）我食!』是哀乳之鬼。」〔註 80〕

此時的神和普通的凡人一樣很「可愛」。除了優越於人的不死之外，他們也有七情六欲；除了比普通人更足智多謀、力大無窮外，他們也會貪財、好色，甚至和天神大戰一場。此時的神和人類自我的距離拉得如此之近，已不再高高在上，而是變得鮮活和深入人心了。

6，簡 797：「甲乙有疾，父母爲祟，得之於肉。」〔註 81〕

大意是：甲乙日患了疾病，是死去父母的鬼魂在作祟，在肉中可以捉到它。

這一時期，作爲祖先神的鬼神保佑後代的功能也發生了變化，有時會對活著的親人不利，使人生病。通觀《睡虎地秦墓竹簡・日書甲種・病》，可知有的人死後成爲鬼會加害於人，能夠使人生病，甚至自己祖先神還會作祟其後人。

從《日書甲種》中，我們已看到神靈崇拜的式微，盟誓文書已由神靈世界和現實世界等多重世界構建成的了。

（五）神靈崇拜的式微

古人對自然界變幻莫測的現象不可理解，以爲天地萬物皆有神靈。神仙鬼怪遍及城鄉角落，經歷代神話傳說的刻意渲染，成爲民間崇拜信奉的重要內容。在神靈世界裏，神是人們心中至高無上的決策者、組織者、執行者、監督者，神的旨意不可違抗，神的神聖不可褻瀆。

人們爲祈求各種神靈庇護，不受各種邪惡鬼怪的侵犯，經常將祭品獻給神

〔註 79〕睡虎地秦墓竹簡整理小組，睡虎地秦墓竹簡〔M〕，北京：文物出版社，2001：214。

〔註 80〕同上：215。

〔註 81〕同上：193。

祇，希望能賜福平安，從而盟誓漸漸產生了。神靈崇拜、注重儀式是盟誓文化的重要特點。盟誓者對神靈起誓，宣讀誓言盟書，都是出於對神靈的崇拜。盟誓的雙方企圖借助神靈的權威，使盟誓者在內心深處意識到盟誓儀式的嚴肅性和對違背盟約後將要承受的懲罰產生畏懼心理，從而達到對盟誓者的規範和約束作用。然而隨著人類的進步，神靈崇拜開始動搖了：

7，《墨子・明鬼》：「是以天下亂，此其故何以然也？皆以疑惑鬼神之有與無之別，不明乎鬼神之能賞賢而罰暴也。今若使天下之人，皆信鬼神之能賞賢而罰暴也，則夫天下豈亂哉！」〔註82〕

這就明確提出，天下大亂是大家不肯相信鬼神，不相信鬼神能賞善罰惡之故。

8，《史記・殷本紀》：「帝武乙無道，爲偶人，謂之天神。與之博，令人爲行。天神不勝，乃僇辱之。爲革囊，盛血，昂而射之，命曰『射天。』〔註83〕

爲了破除迷信，武乙（商紂王的曾祖父）以實際行動證明瞭天神並不存在。

由於神靈崇拜的式微，起誓失去了往日的魅力與威嚴。正式場合以誓辭作爲憑證的情況愈來愈少，誓辭漸漸被契約文書所代替，如：

9，《散氏盤》：「我既付散氏濕田、牆田，余有爽變，爰千罰千。」〔註84〕

大意是：我已經償付給散氏田地了，如果我違背了約定，願意接受千爰的罰金，接受千次的鞭撻。

在這句話中，我們已看不出神靈的影子了。從根本上講，中國的神靈是否被決定粉墨登場，往往是由現實的功利性所決定的。在政治生活中，當神靈的力量可能破壞世俗政治體制時，總是會遭到世俗統治力量的殘酷鎮壓，如清代的白蓮教和太平天國的拜上帝教，無一能最終和世俗政治合流。在民間，也從未形成過全民信仰神靈的局面。可見，中國人更願意用人而不是借助神靈的力量來安排自我的秩序。

〔註82〕睡虎地秦墓竹簡整理小組，睡虎地秦墓竹簡〔M〕，北京：文物出版社，2001：16。

〔註83〕韓兆琦，史記〔M〕，北京：中華書局，2010：46。

〔註84〕同⑩，第六冊：135。

（六）現實世界的宣誓

《周禮・司盟》說：「有獄訟者，則使之盟詛」，〔註 85〕曾經風靡全國的神靈崇拜下的盟誓雖然式微了，但是時至今日，盟誓內容經過革新後，盟誓儀式仍被無形地滲透到日常生活的角角落落，依舊保持著雋永的生命力，這就是宣誓。宣誓是指參加某一組織或任職時在一定的儀式中說出表示忠誠和決心的話，如：入黨宣誓、就職宣誓等。現實社會中的宣誓雖然不是以神靈崇拜爲基礎的，但是它明顯地體現出盟誓的一些重要的特徵：

一是從內容上看。宣誓必須是一種講眞話的莊重的許諾或宣告，宣誓者在誓言接受者面前表明自己，並請接受誓言者監督，在起誓的那件事上把對自己的監督和處置全權交給誓言接受者。從中我們可看出古人在神靈面前盟誓是現實宣誓的濫觴。

二是從儀式和規模上看。宣誓要有正式的場合，規範的儀式，莊嚴的舉行。因爲受到盟誓的影響，人們很注重宣誓儀式，通常宣誓者宣誓時要著裝整齊，宣誓時要高舉拳頭，讀誓辭時要鏗鏘有力。它和古帝王在天壇祭天，向上天承諾天子之職的儀式是一脈相承的。

三是從效應上看。先人們盟誓後，因對神靈的敬畏而嚴格履行自己的誓言。現實中的宣誓能對宣誓者心理積極干預，有助於建立宣誓者與組織之間的「心理契約」。所謂「心理契約」，是指「個人將有所奉獻與組織欲望有所獲取之間，以及組織將針對個人期望收穫而有所提供的一種配合。」〔註 86〕人的行爲總是受到一定心理的驅使，因此，宣誓者宣誓後就會更多地考慮到契約的要求，謹愼行事。宣誓者往往時刻用誓言來激勵自己，努力學習、紮實工作，時時處處以實際行動來履行自己莊嚴的誓言。

四是從保障上看。先人們盟誓後，因對神靈的頂禮膜拜，害怕違反了誓言後遭到神靈的懲罰。可時過境遷，隨著神靈崇拜的式微，明代何良俊在其《四友齋叢說・卷之十四》中記載了官員鄭九石的一番話：「朝廷大事，苟一心持正而峻法以行之，誰敢不肅，乃必假之盟誓耶？」〔註 87〕否定盟誓的意義是不對

〔註85〕〔清〕阮元，十三經注疏・周禮注疏，司盟〔M〕，北京：中華書局，2003：881。

〔註86〕〔美〕施恩，職業的有效管理〔M〕，北京：三聯書店，1992：72。

〔註87〕〔明〕何良俊：《四友齋叢說・卷之十四・史十》，北京：中華書局，2007：116。

的，但是也道出了宣誓必須要加強制度保障。現實社會中，宣誓已經不是形式了，往往是以組織的懲罰代替了神靈的懲罰，如：團體協會的章程中會有開除出組織的規定。

五是從文體上看。宣誓時的誓辭往往包括宣誓者自覺接受組織的要求、宣誓者的決心、及違反誓辭時自願接受組織的懲罰等，即含有敘辭、誓辭、詛辭等要素。這足見古代盟誓文體的深刻影響。

從上述論述中，我們可知，現實世界中的宣誓直接來源於古代的盟誓，盟誓作爲一種傳統文化一直都未斷絕過。宣誓的過程既是一種教育，又是一種警戒，還是一種約束，值得弘揚和發展。

綜觀全文，我們得知，古代的盟誓思想基礎是神靈崇拜。從盟誓文化中產生出宗教、禱告、巫蠱等民俗。隨著人類進步，神靈崇拜走向了式微，但盟誓卻由神靈世界走向現實世界一即宣誓，仍然熠熠生輝。

田兆元先生說：「盟誓乃集團之間、民族之間、國家之間、個人與集體間、個體與個體間聯盟的標誌性形式，它有特定的儀式，主要借助神靈的力量，兼及道德的約束，制定出雙方或多方必須遵守的誓約，若誓約得以遵守，則聯盟強化，聯盟體產生廣泛的文化融合，若違背誓約，則意味著聯盟崩潰。盟誓對聯盟體的政治、軍事、經濟及文化各方面都有重大影響。盟誓是社會共同體的聯結紐帶，是法律、道德、宗教等多種文化成分構成的一道人類精神的風景線。」〔註 88〕在當今知識轉型時刻，中國傳統文化正面臨著挑戰和考驗。但是盟誓文化並沒有走向式微，反而有著更爲廣闊的存在空間和發展前景，具有愈來愈重要的社會價值，從而成爲人類社會的一筆珍貴財富，正在發揮著越來越重要的作用。

（發表於：《學術界》2011 年第 3 期）

〔註 88〕田兆元，盟誓史〔M〕，南寧：廣西民族出版社，2000：37。

後 記

本專著是在我的博士論文的基礎上修改而成的。我要衷心感謝導師徐在國教授在論文選題、資料收集、指導寫作、修改校訂過程中的悉心指導，以及何家興、陶智、劉剛等師弟在資料收集和論文校訂工作中對我的幫助。「羊羔羔吃奶眼望著媽，小米飯養活我長大」，在我人生的旅途中，我要長銘「授我知識，啓我心智」之師與友！

在現今，出書難，出專業書更難，我曾以此書稿申報過安徽省教育廳人文社科研究項目，獲資助 3000 元，這對於一般出版社動輒就要幾萬元的出版費用來說，可謂是杯水車薪。正在我爲出版費用而一籌莫展時，2011 年 9 月，我來到北京師範大學民俗典籍文字研究中心做博士後，恰逢臺灣花木蘭文化出版社面向國內知名導師徵稿，在合作導師李運富教授的推薦下，我人生的第一部專著《行氣玉銘輯考》得以免費出版。抱著試試看的心態，2013 年元月，我又將此篇書稿投向了花木蘭文化出版社，在貴出版社總編輯杜潔祥先生、副總編輯楊佳樂女士、《中國語言文字研究輯刊》主編許錟輝先生的厚愛下，在貴出版社負責人高小娟女士、工作人員陳世東先生的幫助下，我的著作又一次得以免費出版。我要衷心感謝「獎掖我，幫助我」之師與友！

「不要學花兒把春天等待，要學燕子銜著春天飛來」。我已經在文字學領域從事教學和研究十來年了，濃厚的興趣促使我「焚膏油以繼晷，恒兀兀以窮年」

地廣泛閱讀經典的專業書籍，期間必然會導致我對一些問題的琢磨。這一琢磨，已經變得一發不可收拾，它已經成爲我終生的追求。陳雲說過：「不惟上，不惟書，只惟實。」我把我的讀書心得公開出來，就是希望能夠得到方家的批評指正，從而使我在學術上更上一層樓。